「おまえは相変わらず口が悪い。この跳ねっ返りめ！」
「あ、あっ……！」
　突然顎を捉えられ、唇を押しつけるようにキスされる。

SHY NOVELS

貴族と熱砂の薔薇

遠野春日

イラスト 蓮川 愛

CONTENTS

貴族と熱砂の薔薇

I

紺碧《こんぺき》のアラビア湾に、巨大な純白の帆が聳《そび》えている。

ヨットの帆を模したその堂々たる建物は浮島の上に建っており、白い砂浜との間に長い橋が一直線に伸びていた。

対岸は近代的なビルが並ぶバージュきってのリゾート地、マクトゥーム・ビーチだ。

眼下に広がる雄大で美麗な風景を、ヘリコプターの窓からしげしげと見下ろしていた竹雪《たけゆき》は、思わず感嘆の溜息をついていた。国土のほとんどを砂漠が占めるというバージュに、オアシスという言葉ではとうてい表せないような大都会が広がっている。上空から見渡すと、都市化と緑地化が究極に進んだ街の様子が一目瞭然だ。世界中からセレブリティが集まるという中東きっての高級リゾート地は竹雪を圧倒した。

「同じアラブでも、カッシナとはまるで違っているだろう?」

隣に座っているアシフがうっすらと口元に笑みを浮かべて話しかけてくる。飽きもせず熱心に見入っている竹雪に、連れてきてよかったと満足しているようだ。

「噂には聞いていたけれど、想像以上の規模にびっくりした」

竹雪は窓に張りつかせていた顔を戻し、アシフに向き直る。

「バージュは、潤沢なオイルマネーの恩恵を受けて今も刻一刻と開発が進められているアルマハ首長国一の都市だ。治安も安定している。もしかすると昨今は竹雪の祖国よりバージュの方が安全かもしれない。我が国も見習いたいものだ」

我が国、と自国カッシナ王国のことを口にするとき、アシフの口調は自然と熱を帯びる。深く自国を愛しているのが伝わってくる。

オーダーメードのスーツをかっちりと着こなし、優雅に足を組んで革張りのシートに背中を預けているアシフに、竹雪は今さらながら見惚《みほ》れてしまう。

黒い髪、日に焼けた肌、そして海のように青い瞳。肩の下までざっくばらんに伸ばされた髪は、初めて会ったとき同様、うなじのあたりで一括《ひとくく》りにされている。国の衣装ではなく洋装するときは、たいていそうする習慣らしい。少々型破りだが似合っていた。人を威圧し、畏《かしこ》まらせる強烈なオーラを全身から発していて、ただ者でない雰囲気を纏《まと》いつかせている。

じっとアシフを見ているうちに、竹雪は今の状況がなんだか信じられない心地になってくる。

アシフ・ビン・ラシード――竹雪の恋人は地中海に面した砂漠の国カッシナの第一皇子だ。

初めて顔を合わせたのは今月の初旬のことだ。卒業旅行の名目で兄の赴任先であるカッシナを訪れる旅程の途中、トランジット先の空港ラウンジで見かけたのがそもそもの出会いだった。

最初は決していい印象を持ったわけではなかった。何度となく不躾《ぶしつけ》な視線を感じ、顔に似合わず強気で怒りっぽい竹雪は過敏に反応して気分を害し、いったいなんなんだこの人は、とムッとしっぱなしだったのだ。

ラウンジで一緒だったからといって搭乗する便まで同じとは限らない。奇《く》しくも同じ飛行機に乗ることになった竹雪は、気まずさに舌打ちした。何やら相手が自分に興味を持っているようだとはわかっても、竹雪にしてみると迷惑以外の何ものでもない。煩《わずら》わしい限りで反感は募る一方だった。

そこに、黙って視線を合わせるばかりでは飽き足らなくなったのか、彼の方から話しかけてきた。このとき、竹雪は彼が何者なのかまったく知らずにいた。彼は不機嫌な受け答えばかりする竹雪に苦笑いし、結局お互い名前さえ名乗り合わなかったのだ。

普通なら、この段階で縁は切れただろう。

飛行機がカッシナの首都ラースにある国際空港に着陸し、ロビーで別々の方向に歩き去っていく彼の背中を見かけたとき、竹雪はホッとするような、そのくせ物足りなくて寂しいような、奇妙な気持ちに襲われた。今にして思えば、あの頃からすでに竹雪は、アシフの放つ尋常でない魅力に搦《から》め捕《と》られていたのかもしれない。

幸か不幸か竹雪と彼との関わりはまだ終わってはいなかった。そのことを竹雪はさして時を隔《へだ》てぬうちに思い知ることになる。

大学を出たばかりの竹雪は、世間知らずの無謀な子供だった。子供扱いされるたびに眦《まなじり》を吊り上げて抗議したが、そう言われても仕方がない不測の事態を引き起こしてしまった。滞在四日目にして、盗賊団に攫《さら》われるというとんでもないはめに陥ったのである。すべては自らの不注意と浅はかさが招いた自業自得の出来事だ。

ともすれば二度と肉親の元に戻れなくなったやもしれぬ状況に追い込まれた竹雪を、正体を隠して救いに来てくれたのがアシフだ。いや、ここでは、『砂漠の鷹《たか》』と称され、盗賊団の頭領ですら一目置く謎の男ザイード、と言った方が正しいだろうか。

ザイードと名乗る男が、ラウンジや機内で一緒だった例の男と同一人物であることはすぐにわかった。

しかし、よもや、それがカッシナを治める王家の一員、次期国王になるべく定められた世継ぎの皇子だったとは、正体を明かされるまで気がつきもしなかった。

無事救出されて日常に帰ってこられた際、竹雪が一番強く感じたのは、これでもう二度とザイードには会えないのだという失意の念だ。それだけに、事実を知らされたときには、驚愕《きょうがく》と悔しさと歓喜がいっぺんに込み上げてきて、泣き笑いするしかない状態だった。

『愛してる』

実は一目惚れだった、と告白したアシフに、竹雪も心の底からアシフが欲しいと思っていることと、離れたくないと切望するほど惹《ひ》かれていることを認め、その場で抱いてと頼んだ。

過酷な砂漠で共に過ごした数日間で、アシフは竹雪の心をがっちりと摑んでいた。たとえアシフが本当に正体不明の謎めいた男ザイードだったとしても、竹雪は何もかも捨ててついていっただろう。現に一度はその決意を口に出して伝えた。それにはさすがのアシフも驚き、困惑したらしい。その場は「冗談を真に受けたのか」とかわされ、竹雪は激しく失望した。それまでのアシフの思わせぶりな言動から、まさか拒絶されるとは考えもしなかったからだ。からかわれていただけだったのかと、悔し涙が出て癇癪《かんしゃく》を起こすほど悲しかった。アシフはそのときの自分の言葉を、「俺が卑怯だった。正体を明かさぬまま応《こた》えるわけにはいかなかったとはいえ、傷つけて悪かった」というふうに竹雪に謝り、真意を教えてくれた。竹雪にもアシフのやむにやまれなかった気持ちは理解できる。許して受け入れるのはやぶさかでなかった。

気持ちを確かめ合い、体で愛情を伝え合った二人に残された問題は、このままずっと一緒にいたいのだが、そのためには日本にいる竹雪の両親に許してもらわなければならないということだった。

もともと竹雪は、新年度から父の経営する会社に入社して、新社会人として働き始めることになっていた。カッシナ訪問は自由を満喫できる学生時代を締めくくる、最後の気楽な旅になるはずで、まさか生涯を誓う相手と出会うことになろうとは、誰一人として想像し得なかったに違いない。竹雪自身、いったいどうしてこんなことになったのか、考えれば考えるほど戸惑ったくらいだ。

「アシフ」

これまでのことを反芻《はんすう》しながら、竹雪は傍らにいるアシフの肩にそっと額を押しつける。

「どうした？」

アシフは優しい声で応じ、竹雪の後頭部に手を伸ばして長い指で髪を撫でてくれた。

「……父も母も、本当によく折れたなぁと思って」

「ああ、まったくだな。つくづく俺は幸運だったと感謝している」

普段は相当自分に自信を持っているであろうアシフが、珍しく神妙に、重々しく言う。

竹雪は顔を上げ、揶揄《やゆ》を込めた目つきでアシフの青い瞳を覗き込む。アシフは真剣な表情をしていた。精悍《せいかん》に引き締まった気高い顔、そして意志の強そうな目が、竹雪の胸をざわつかせ、全身を巡る血の勢いを速めさせる。自分でもおかしいくらいアシフに夢中になっている。恋をしているのだなと思う。

「中東の皇子殿下が息子をもらいに来るなんて、実際は、きっと今でも半信半疑なんじゃないかな？　兄にも国際電話をかけて事情を聞いたようだけど、肝心の兄自身、どういう経緯《いきさつ》で僕たちがこんなふうになったのかまったく把握していないわけだから、返事のしようがなくてずいぶん困惑したみたい。ただ、カッシナでのあなたの評判を客観的に話してくれたことで、父が少なからず不安を和らげたのは確かだね。アシフと一緒に帰国して、両親の前で事情を話してからの一週間、ほとんど口をきいてもらえずに家の中が冷戦状態だったのには参ったけれど……よくよく考えたら、逆にそれだけの時間で『もういい、本当に本気なのなら勝手にしろ』って許せた父の潔《いさぎよ》さはすごいのかも」

おそらく、冗談のかけらもないアシフの真摯《しんし》な気持ちが、最初頑《かたく》なだった父の心を動かし、およそ一般的ではない境遇に息子を委《ゆだ》ねる決意を固めさせたのだ。

「アシフがついてきてくれてよかった。僕一人で説得しようとしていたら、何年かかったかしれない」

その間に絶望して諦めることになったかもしれないと思うと、竹雪は今でも鳥肌が立つ。アシフの腕にかけた指に自然と力が籠《こ》もった。

「俺は決してご両親の信頼を裏切らないと誓った。この誓いは必ず守る」

「うん」

真っ向から言い切られ、竹雪は嬉しさと気恥ずかしさを同時に覚え、みるみるうちに頬が熱く火照《ほて》ってきた。

「そ、そろそろ着陸するみたいだよ」

ごまかすように話題を変える。

二人を乗せたヘリは徐々に高度を下げ、先ほど目にして驚いた海の中に建つ純白の帆型ビルディングに近づいていく。

ホテルとしては現在のところ世界一の高さを誇るというバージュのランドマークは、もう目の前に迫っている。

地上三百メートルほどに位置する途中階に、広々と迫《せ》り出《だ》したヘリポートがある。

バラバラと大きな音をさせながら、ヘリは白でペイントされた円の中央に降下し始めた。

「さぁ到着だ。大阪からの長旅、疲れただろう竹雪？」

「そうでもないよ」

前に砂漠で彷徨《さまよ》って生死の境を味わったときと比べれば、ファーストクラスの機内から送迎用の特別車でチャーターしたヘリまで連れていってもらい、ほんの三十分足らずでホテルまで着いた旅などなんでもない。むしろずっとアシフの隣で幸せすぎたくらいだ。

「アシフこそ、僕がついいろいろ案内したくて、飛行機に乗る前日まで京都や神戸《こうべ》を引きずり回してしまったから疲れてない？」

「まさか。俺がそんな柔《やわ》に見えるのか」

心外だと言わんばかりにアシフは顔を顰《しか》め、竹雪の鼻の頭を指先で軽く叩く。そして次の瞬間唇を掠《かす》め取《と》るようにキスしてきて、竹雪を唖然とさせた。いきなりすぎて声の一つも発せない。

ヘリが無事着陸したのはその直後だ。

二人の到着に備えてホテルのスタッフが六名ほど待機していて、恭《うやうや》しく畏まりながらこちらに歩み寄ってくる。

それを横目で見ながら、アシフは竹雪の頬を愛しげに撫で、色気の滲む声で言う。

「続きは部屋に行ってからだな。俺が少しも疲労など感じていないことを、おまえにたっぷり教えてやろう」

「ば、ばか……アシフ!」

アシフが言わんとするところは明らかだ。竹雪は狼狽《うろた》えて、思わず辺りを見回した。誰かの耳にもし今のセリフが聞こえていたらと考えると、顔が真っ赤に上気してくる。しかし、アシフはいっこうに気にした様子もなく、かえって不敵に笑ったくらいだった。

ガチャリ、と外から扉が開かれる。

先ほどまで耳にうるさかったホバリングの音はずいぶん収まっていた。

「このたびのご来訪、誠に光栄でございます、殿下」

先頭に立ったホテルの総支配人と思《おぼ》しき恰幅《かっぷく》のいい男が、アシフに深々と頭を下げて挨拶をする。

「滞在中は何かと世話になるかと思う。よろしく頼みます」

対するアシフの返答も丁寧で、意外なほど腰の低い、礼節を弁《わきま》えたものだ。今回の訪問はもちろん非公式のプライベートな旅行だが、『開かれた王室』を謳《うた》い文句にしているカッシナ国王一家のうちでも、おそらくアシフほど気さくに振る舞う王族はいないだろう。総支配人の後ろに控えていたアラブ服の男二人が、恐縮して感激したのが竹雪にも伝わってくる。

急な訪問にもかかわらず、ホテル側ではアシフとその連れである竹雪に最高のもてなしを用意していた。

およそ八百平米という信じられない広さの客室に案内される。部屋はメゾネットタイプのグランドスイートだ。この部屋に泊まることができるのは厳選されたセレブリティのみで、エレベータは専用、廊下には護衛の警備員四名が常に目を光らせている。客室係三名とバトラーに迎えられ、アシフがサインをするだけのチェックイン手続きを終えると、すぐに飲み物とフルーツが運ばれてきた。

それまでアシフの横でおとなしくしていた竹雪は、アシフの指図でスタッフ全員が退出してしまうや、溜めていた感嘆の息をつき、

「すごい部屋。まるで次元の違う場所に紛れ込んだみたい」

と声に出して呟いた。

まるで王宮にいるようだ。至る所に金箔を施した華やかかつ荘厳なインテリア。居室に敷き詰められているのはペルシャ絨毯《じゅうたん》で、バスルームの床は御影石《みかげいし》、メゾネットになった寝室へと続く美麗な階段は白大理石である。天井に輝く見事なシャンデリアといい、通常の客室ほどの広さがあるバスルームやクローゼットといい、竹雪にはとうていここがホテルの一室とは思えない。それなりに贅沢《ぜいたく》には慣れていると自覚しているが、アラブの富豪の豪勢さは竹雪の想像を遥《はる》かに超えている。

「ここと比較すると我が王宮がいかにつましいか実感させられる」

そんなふうに言いながらもアシフの口調は特に悔しそうなわけではなく、感じるままに事実を淡々と言葉にしているだけのようだ。何事にもよけいな気負いを持たないアシフらしい。竹雪はそんなアシフがどうしようもないほど好きだ。尊敬と愛情の気持ちが膨らみ、じっとしていられない心境になる。

竹雪は飲みかけのシャンパンをセンターテーブルに置き、ふかふかのソファを立った。

「アシフ」

十人あまりもの客がゆったり座れそうなくらい大きなソファに、人目を気にしてあえて距離を開けて腰かけていたのだが、それでは物足りなさを感じてきた。

どうやらアシフも竹雪と同じ気持ちになっていたようだ。

「やっと二人きりになれたな」

おいで、と両腕を広げて迎えられ、竹雪は真正面から片膝を座面に乗り上げ、アシフの胸に大胆に身を寄せた。

アシフもしっかりと竹雪を抱き締める。

どちらからともなく、お互い引き寄せられるように唇を求め合う。

柔らかく温かに湿った粘膜が接合する感触に、全身が悦楽で震えた。

「……あっ……ん」

鼻にかかった甘えた声が零れてしまう。

アシフを欲する気持ちを抑えきれず、竹雪は心と体を理性から切り離す。感じるままを素直に受けとめ、奔放《ほんぽう》に、潔く、アシフに身を委ねることにした。どのみち欲情しているのは隠しようもない。

舌を尖らせて口の中に差し入れ、まさぐり合う。溢れてきた唾液は躊躇《ためら》いもせず啜《すす》り舐《な》める。淫靡《いんび》で濃密な行為に、次第にどこまでが自分でどこからが相手なのか曖昧《あいまい》になってくる。呼吸が荒くなり、唇を離すたびに、夢中で熱い息を絡ませた。

竹雪はアシフを知ってからすっかり淫らで欲深になった。

日本にいたときには、冷戦状態の両親の目が気になり、なかなかアシフと二人きりになる機会を作れなかった。アシフは都内のホテルに逗留《とうりゅう》し、毎日足繁く小野塚《おのづか》家に通い詰めては、自らの真剣さと誠意を訴えた。一国の皇子がよくもまぁ最後まで忍耐強く諦めずにいてくれたものだ。さすがの父親も、これはもう折れる他はないと思ったらしく、苦々しげではあったが認めざるを得なくなったのも無理はない。

帰国してから竹雪がアシフと同じ屋根の下で寝たのは、両親と仲直りをしてあらためて四人で会食した後、アシフを小野塚家に招いて泊めた夜が最初だ。このときは部屋は別々だった。たとえ同じ部屋で眠れたとしても、近くで両親が息を詰め、耳をそばだてているかと思えば、何もする気になれなかっただろう。

それからさらに三日間、アシフは絶妙な距離を保ちつつ、ともすると竹雪の分も含めて両親に孝行してくれた。連日美術展や観劇、食事に名所観光と連れ出されても迷惑な顔一つせず、案内されるに従って日本の文化に触れ、上辺だけではない理解を示してみせた。

アシフはお世辞ではなく日本が好きだという。それを聞いて竹雪も嬉しい。次は竹雪がもっとカッシナのことを知る番だ。きっと竹雪はカッシナを生まれ育った国と同じくらい好きになれる気がする。カッシナはアシフの愛してやまない大切な祖国なのだ。

その後いよいよ中東に戻る頃合いになったとき、アシフは竹雪に、アラビア半島の南東に位置する豊かな国、アルマハ首長国に寄ってからカッシナに帰国しようと誘ってきた。

いきなりで驚いたものの、もちろん竹雪に否やはない。

首長国一有名な都市バージュには、関西国際空港から直行便が出ている。

ついでに二人で京都や大阪を見て回り、風流な旅館に一泊するのもいいかもしれないとわくわくしたのだが、母親が「見送ります」と言って同行したため、二人きりになれるはずの当てが外れてしまった。今度アシフとカッシナに発てば、お盆か正月まで戻らないつもりでいるので、無下に断るのも気が退けた。

結局、空港の出発ゲートを潜るときまで母親が一緒で、アシフと竹雪は人目のないところで二人きりになり、恋人同士らしい触れ合いをすることは、日本ではついに叶わなかったのである。

そんな事情があったので、アシフの言う「やっと二人きりになれたな」という言葉は、まさしく竹雪の気持ちをそのまま代弁するものでもあった。

キスだけで腰が砕けそうになるほど、行為に熱が籠もるのも当然だろう。

「アシフ……あっ、……アシフ」

ずっと押し込められていた激情が迸《ほとばし》る。

竹雪はアシフの唇を何度も何度も角度を変えて求め、貪《むさぼ》るようなくちづけに酔いしれた。

「白状してしまうと、機内にいる間中おまえとこんなふうにすることばかり考えていた」

濡れた唇をやっと離し、額をくっつけ合ったままアシフが言う。両手の指は、竹雪の頬や顎を確かめるようになぞる。愛しくて愛しくて堪らなさそうな気持ちが伝わってきて、竹雪はじんと胸に熱いものが込み上げるのを感じた。

「……僕も」

つられるように竹雪も本音を吐露していた。

こんなふうに人肌に飢える気分を教え込まれ、ことあるごとに胸苦しさを味わわされるはめになったのは、間違いなくアシフのせいだ。アシフに抱かれる前までは、もっと淡白でストイックだったはずである。必ずしも恋人が必要だとは思わなかったし、たぶん結婚も親や親戚の薦めるお見合い相手と特別な感慨もなくするのだろうと予想していた。それでなんの問題もなく未来が思い描けたのだ。

それが実際はどうだろう。

竹雪は今の自分の境遇がときどき信じられず、夢でも見ているのではないかと疑いたくなることがある。

「今から上に行くのはどうだ?」

「うん……」

まだ太陽が燦然《さんぜん》と頭上高く君臨する時刻だったが、竹雪は照れくささを押しのけ、心のままに賛成した。我ながらずいぶん素直になることを覚えたものだと感心する。

ソファから下りた竹雪の腕を、先に立って歩きだしたアシフが引く。

ホテルの一室というよりも誰かの豪勢な邸宅という表現がしっくりくる居間を横切って、緩いカーブを描くなだらかな階段を上がっていく。

アシフに摑まれていない方の手で真鍮《しんちゅう》の美しい手すりに触れると、部屋中に効いている冷房のせいか、しんと冷えている。完全に緑地化された都市部の周囲には熱砂の丘陵が広がっているということを、つい失念してしまいそうな、肌寒さを感じるほどの空調だ。

メゾネットタイプの二階部分に位置するベッドルームも、下の居間やダイニングスペースに負けず立派なインテリアで調えられている。

全体的にアラビア風の雰囲気で統一されており、黄金色のベッドカバーでメイクされたキングサイズのベッドには、生成り色をした光沢のある絹の天蓋《てんがい》が掛かっていた。枕元に綺麗に並べられた円形や正方形や長い筒型のクッションは、竹雪にアシフの寝室を思い出させる。ここもさながら王様の寝床のようだ。

アシフが手ずからカバーを剝ぐ。

黄金色の下に隠されていた純白のシーツが露《あらわ》になって、竹雪はここでもまた少し狼狽えた。

なんだか恥ずかしい。初めての夜を迎えた花嫁の心境はこんなふうなのだろうか。

「竹雪」

茫然としてベッドの傍らに立ち尽くしたままの竹雪にアシフが大股に歩み寄る。

「どうした？」

アシフは思いやりに満ちた声音で優しく確かめる。しっとりとした低音が耳に心地よい。短く問われただけなのに竹雪はぞくっと背筋を震わせ、官能をやり過ごした。

「な、なんでもないよ！」

慌てて答える声にようやくいつもの勝ち気さが出る。

ふっ、とアシフが唇の端を上げ、まなざしに安堵と揶揄の色を交じらせた。

「そうか。だったら、来い」

ぐいと肩を引かれてベッドの端に座らされる。

ほとんど隙間もなく身を寄せてアシフも隣に腰かけた。

硬めのスプリングがほんの僅かに軋む。とりたてて何というわけでもないはずのその音が、今の竹雪には妙に淫らに感じられ、耳朶《みみたぶ》まで熱くなってきた。これからしようとしている久しぶりの行為を、体が狂おしいくらい求め、期待しているのがわかる。普段以上の緊張もそのためだ。

「これは俺としてはハネムーンのつもりだ、竹雪」

「あっ……」

肩を抱かれてもう一度キスされる。啄《ついば》むような可愛らしいキスだ。それでも竹雪はさっき下でさんざん交わした激しく濃厚なキスの余韻が冷め切っておらず、たちまち感じて身動《みじろ》いだ。

「まっすぐカッシナに帰ったら、おまえはいったん兄君の元に戻るだろう。俺も溜め込んでいる公務にしばらくは身動きも取れないほど忙殺される。まぁ、それは仕事だから仕方がないが、せめてあともう一週間、今度こそおまえと二人になりたかった」

熱っぽい調子で竹雪の耳元に囁きかけつつ、いつの間にかアシフは竹雪をシーツの上に横たわらせ、自分自身は両脇に腕を突いて覆い被さるような格好になっていた。

身に着けていたスタンドカラーのシャツの襟《えり》を開かれる。

アシフの指は器用かつ繊細な動きをする。あっという間に前をはだけられ、裸の胸に手のひらを這わされた。

頬が上気してしまうようなセリフを聞かされながらの動作に、まだまだ不慣れな部分も多い竹雪は早くも翻弄されてしまう。

ちょっと触れられただけで喘ぎが洩れるほど感じやすい乳首を弄《いじ》られて、竹雪はせつない声を上げた。体が自然と左右に動く。

「あ、あっ……あ、やっ……！」

意味もなく「いや」と口走り、首を振る。あまり声を出したくなくて必死に唇を閉ざしていようとするのだが、指だけでなく唇と舌、歯まで使ってあちらこちらに散らばる敏感な箇所を巧みに責められると、努力も虚しいばかりになってくる。

「愛している、竹雪」

ただ愛撫を施すだけでなく、アシフは惜しみなく言葉でも愛情を伝える。

愛していると囁かれるたびに竹雪は体の芯を熱くした。

決して口先ばかりの戯れ言ではないとわかる真剣な響き、誠意の籠もる目つきが竹雪の気持ちを鷲掴《わしづか》みにし、強く揺さぶる。

竹雪は幸福感に泣きそうになった。

「ずるい。いつもアシフは僕が言いたいことを先回りして横取りする！」

本当は自分からもたくさんアシフに愛していると言いたいのに。アシフが先に言うから、天《あま》の邪鬼《じゃく》のところがある竹雪はなんとなく悔しくて、素直に口に出せなくなってしまう。

べつにアシフが悪いわけではないのだが、竹雪はわがままな子供同様にむくれてみせ、アシフの失笑を買った。

「おまえは相変わらずだな」

砂漠を渡りながら二人で過ごしたときを思い出してか、アシフは青い目を感慨深げに細めた。

「顔に似合わず気が強くて跳ねっ返りで……、いつでも俺を骨抜きにする」

悪い子だ、とアシフは窘《たしな》めるように続け、いかにも楽しげな笑みを顔中に浮かべた。

歳《とし》は四つほどしか違わないが、肩に背負った重責のためかアシフはずいぶん大人びている。そしてまた、おそらく竹雪は二十二にしてはいくぶん幼いのかもしれない。旧華族の家に末息子として生まれ、何不自由なく甘やかされて手厚い庇護の下に育ってきたせいだろうか。アシフとの差は歴然で、竹雪も反駁《はんばく》する余地を見出せない。第一、本心を言えば、アシフに可愛がられるのはやぶさかではなかった。竹雪は愛されることに貪欲な自分を恥じる一方で、受けたのと同じだけ相手に返せたらと願ってやまずにいる。アシフにもそのつもりで接していた。

「俺もおまえを、なりふり構っていられなくなるくらい、俺に夢中にさせたい」

アシフは至って真面目に言う。

本当はもうとっくにそうなっていると思うのだが、竹雪はあえてアシフに弱みを晒《さら》すようなまねはせず、知らん顔して聞き流す。たいして意味のない意地を何かにつけて張りたがるのは竹雪の性格だ。アシフにすっかり参っていると知られるのは少々癪《しゃく》だった。竹雪には、口で言うほどアシフが自分に骨抜きになっているとは、すんなり信じ難いのだ。

ベッドの中での主導権は常にアシフが握っている。

気がつくと竹雪は下着ごとスラックスを足から抜き取られ、はしたなくはだけていたシャツも脱がされてしまっていた。肩や胸、そして唇に繰り返しキスされているうちに陶然となり、意識せぬまま全裸にされたようだ。

ヘッドボードが頭の先にくるように体の位置も変え、やはり衣服を脱ぎ捨てたアシフにのしかかられる。

竹雪は頬を染めたまま真上から自分を見下ろすアシフに視線を当て、鍛え抜かれた逞《たくま》しい体躯《たいく》に羨望の吐息をつく。よく日に焼けた肌はブロンズ像のように美しい。もちろん、女性的なたおやかな美しさではなく、獰猛《どうもう》で綺麗な野生の動物のような美しさだ。男ならば誰しも憧れる、完璧な肉体だった。

この体でアシフは馬やラクダを自在に乗りこなし、過酷な気象条件でからからに乾いた熱砂の中を駆け巡る。そして、無知で無謀だった竹雪をしっかりと守ってくれたのだ。

竹雪はアシフの厚い胸板に手のひらを這わせ、頭を擡《もた》げて唇を寄せた。

トクリ、トクリ、と規則正しく鼓動する心臓を意識する。

「……愛してる。アシフ、愛してる」

どうしてもここで告げずにはいられない気持ちになって、竹雪は泣きそうな声を出した。

「竹雪」

ぎゅっとアシフが竹雪を抱き締める。

胸と胸がぴたりと合わさり、互いの心臓の鼓動が交ざり合う。どっちがどっちの音で、どの響きが誰のものかの判別もつかなくなった。強い一体感を覚えて心が満たされ、深々と安堵する。

竹雪はこれ以上は考えられないほどの幸せを感じてうっとりした。

「ほんの一週間程度だが、俺はおまえをできる限り楽しませてやりたい」

額から両の瞼の上へと慈しみに溢れたキスが落とされる。

竹雪は瞳を閉じたまま、全身にかけられたアシフの重さと体温、なめらかで弾力のある肌の感触、そして下腹に押しつけられている勃起の硬さと熱を味わった。

興奮の度合いは竹雪もアシフに劣らない。痛いくらいに張り詰めた股間からまざまざとわかる。節操などとても保っていられず、直接触れられてもいないのに、もう先端に淫らな雫《しずく》が滲み出ていた。

もっと触ってもらいたい……。竹雪は密かに欲望を増幅させ、ねだるように腰を蠢《うごめ》かせた。

誘っていることはすぐアシフに察せられたようだ。

「俺を誘うのか」

色気のある声に脳髄が痺れ、体の芯が疼《うず》く。

「だって、久しぶり……」

わざと辱めるような言葉を聞かされただけで、アシフによって淫らに作り替えられた体は高揚し、期待に震える。

まだ、こんなふうに体を結ぶ行為をするようになってからたいして間もないのだが、二人の相性は最高で、竹雪はすっかりアシフの愛撫に慣らされていた。苦しくて動揺したのは二度目までで、あとはそれこそ、悦楽の坂を転がり落ちる勢いで溺れていった。よもや自分がこれほど男同士のセックスに馴染むとは思いもしておらず、竹雪自身戸惑っている。自分のことを淫乱などとは認めたくないのだが、あながち否定もしきれない。

「こういうのは嫌い？」

もしかすると呆れられたかもしれないと不安になり、竹雪は目を開けてアシフの顔を見た。

「ふん」

アシフはしっかりと竹雪の瞳を見つめ返し、小粋《こいき》に口角を吊り上げる。

「嬉しいに決まっているだろう」

いちいち聞くな、とむしろ呆れた様子だ。

竹雪は急に羞恥《しゅうち》を覚え、プイと顔を横に倒してそっぽを向いた。

その隙にアシフは竹雪の腰の辺りまで体をずらすと、硬くなっているものを摑み、泣き所を心得た指遣いで刺激し始めた。

手のひらに包み込まれ、初めのうちはゆっくりと、少し馴染み始めてからは勢いをつけ、扱《しご》かれる。

「ああっ、あっ、……あ、あ」

強烈な快感が腰を中心に湧き起こり、瞬《また》く間《ま》に全身に広がっていく。

竹雪は我慢できずに嬌声《きょうせい》を上げ、背けていた頭を夢中で左右に振った。それにつられてサラサラした髪の毛が頬や額に打ちかかる。

茎を扱かれるだけでなく、付け根を擽《くすぐ》られたり、陰嚢《いんのう》を揉みしだかれたりまでして、竹雪の嬌態はひどくなるばかりだ。

とても自分のものとは思えない、艶《つや》めいた声が洩れる。

慎みなど見せている余裕は皆無で、されるままに足を大きく開き、腰を揺すって自分からも悦楽を追い求めた。

アシフは先走りの淫液で濡れた指を竹雪に銜えさせ、舐めさせた。

「舌を絡ませてよく濡らすんだ」

竹雪は催眠術にかけられたような境地にいて、よけいなことは一切考えず、アシフの言いつけに従順になった。

初めは一本だけだった指が途中から二本に増やされる。

次にこの指が竹雪のどこをどうするのか、考えるまでもない。

「んんっ、ん……う」

喉を鳴らしながらたっぷりと唾液を絡ませた舌を指になすりつける。

「竹雪」

アシフもじっと竹雪に任せておくのに物足りなさを感じてきたのか、口の中で指を掻き回しだした。竹雪は夢中でそれを追いかける。

「もういい。……もう十分だ、竹雪」

口から指が抜かれる。

唾液が、濡れた唇と二本の指との間で、太くて透明な糸を長く引く。とてつもなく淫靡でぞくりとした。

アシフは竹雪の足を片方抱えてさらに大きく割り開かせた。

そうされると尻の間も広がって、いつもはひそやかに息づいている部分が晒される。

竹雪は羞恥にカアッと赤くなり、足を閉じかけた。

「閉じるな」

すかさずアシフにぴしゃりと叱られる。

「でもっ！」

「恥ずかしさなどすぐわからなくなる」

抗議しかけた竹雪をさらにやりこめ、アシフはおもむろに二つの丘の谷間に濡れそぼった指を差し入れた。

まだ硬く窄《すぼ》んだままの窪《くぼ》みに指先が触れてくる。

中心から放射状に寄った襞《ひだ》のひとつびとつを潤わせるために、指の腹を撫でつけられた。

「あ、あっ、あっ」

物心ついてからはアシフ以外には見せたことも触らせたこともない繊細な部分を丁寧に弄り回され、竹雪は小刻みな声を上げた。嬌声とも悲鳴ともつかぬ、裏返った声だ。羞恥と動揺と悦楽を感じるのとが一緒くたになった、いかにも淫らな喘ぎ声だと自分でも思った。

外側を丹念に濡らした後、甲斐甲斐《かいがい》しくて横暴でもある指の一本が中心を抉《えぐ》り、体内に侵入してきた。

「いや……！」

狭い所を強引に押し開かれる感触に竹雪は思わず腰を引きかける。

本気で逃れたかったわけではなく、単に反射的に体が動いただけだ。

「じっとしているんだ」

すかさず、落ち着き払った様子で、アシフが竹雪の腰を押さえつける。同時に指は容赦なく付け根までねじ込まれた。

「あああ」

たかだか人差し指を一本銜《くわ》え込《こ》まされただけだが、通常何もないところに入り込んできた異物は、竹雪に息苦しさを与え、呼吸を荒げさせる。

「いつもの通りに自然に呼吸するんだ」

「わ、わかってる。わかってるけど」

どうしても体がすぐには反応しない。

「竹雪、俺を信じろ」

絶対に傷つけない。大切に思っている。愛している。アシフの心の声が竹雪の胸に染《し》み入《い》ってくるようだ。

「アシフ……、アシフ、好き」

竹雪は強張《こわば》らせていた体の力を抜き、深呼吸を一つした。

「いい子だ」

にっこり笑ってアシフが空いている手で竹雪の髪や頬を撫でつける。

アシフの指は心地いい。

竹雪は両手でその手を包み込み、綺麗に手入れされた指先に唇を触れさせた。

「動かすぞ」

竹雪がこくりと頷くのを待って、アシフは筒の奥に潜り込ませた指を抜き差しし始めた。

なんとも言い知れない快感が背筋を這い上がってくる。

「んんっ、んっ」

竹雪は歯を食いしばったまま、なおも押し殺し損ねた声を洩らし、ぶるぶると全身で身悶《みもだ》えた。

「ああ……あ、あ」

堪《こら》えられたのは一時だけで、いったん唇を開くと、後はもう次から次へと抑えようもなく艶めいた声が零れた。

人差し指がスムーズに動かせるようになると次は中指を足される。

「はっ、あ、あああ、あ」

「苦しいか？　少し間が空いたからな。あんまり痛いならやめるが……」

「いやだ、ばか。やめなくていいに決まってるだろ！」

ここまでしておきながらそれはないだろう。竹雪が苦しげな息遣いの合間に唇を尖らせて怒ると、アシフは参ったなという表情をして苦笑する。

「まったく、おまえには負けるぞ」

そう言いながらアシフの声には嬉々とした喜びの響きがあった。

「抱いてアシフ」

竹雪は両腕を伸ばしてアシフの首に回し、艶やかな長い髪に五指を通す。

アシフは奥をまさぐって慣らし続けながら、左腕で竹雪の上体をきつく抱き締めた。

「ああ、あ」

胸が苦しくなるくらいの抱擁《ほうよう》に、竹雪は満悦した息をつく。

好きで、好きで、どうしようもなく恋しい男にこんなふうに強く抱かれて、幸せのあまり心臓が止まってしまいそうだ。

「こんなにあなたを好きになるなんて、嘘みたいだ」

「ああ、そうだな、竹雪」

ちゅっと軽く唇を奪われる。

「挿《い》れてもいいか？」

「僕の中、あなたが来てももう大丈夫そう？」

「自分でわからないのか。ほら、もう痛くないだろう？」

「……うん」

竹雪ははにかんで顔を俯《うつむ》けた。

指が二本一緒に抜かれる。

せっかく拡げた襞が元の通りに慎ましく窄んでしまう前に、今度はアシフの熱くて硬い雄《おす》が入り込んできた。

「あ、あ、あああっ」

指とは違う圧倒的な嵩に、竹雪は甲高い喘ぎを発し、大きく顎を仰《の》け反《ぞ》らせる。

「竹雪。竹雪」

アシフに名を呼ばれると竹雪はどんな辛さも苦しさも払拭される気がした。

深いところまで容赦なく突き上げられて、アシフのものが竹雪の最奥《さいおう》まで収まった。

アシフは感極まったような息をつき、竹雪の顔中にキスを散らし、それからゆっくりと腰を動かし始めた。

Ⅱ

三月最後の日曜は、バージュが一年のうちで最も興奮に包まれる日かもしれない。

世界的に有名な競馬のワールドカップが行われるからだ。

三億を軽く超える賭け金額は世界一。馬主も、王族や国際的に著名な人々ばかりで、選《え》りすぐりの馬が出走する。

国内外の関連企業はここぞとばかりに得意客の接待に励み、朝からスタンド周辺は多くのセレブリティたちで大賑わいだ。競馬にはさして興味を抱かない貴婦人たちにしても、またとない華やかな社交場である。思い切りドレスアップして来場するのが決まりになっており、「ベストドレッサー」や「ベストハット」といったコンテストも催される。

竹雪はそれらの知識をテレビの特集番組を見て蓄えた。

毎年開催日の数日前から各局が競うようにして関連番組を制作するらしい。この一大イベントをアピールし、少しでも前評判を上げて多くの人々の関心を得るためだ。

もちろん、お忍びでバージュに滞在中のアシフの元にも、総支配人から直々に招待状が届いていた。

「前にも行ったことがあるの？」

開催を明日に控え、わくわくしながら聞いた竹雪《たけゆき》に、アシフはいささかそっけなく頷いた。

バージュの街まで散策に出かけ、コーヒーショップでひと休みしていたときだ。

「まぁ、アラブ諸国の王侯貴族達は、誰でも一度はこのお祭り騒ぎを経験するものだからな」

「もしかして、アシフはあまり競馬に関心がない？」

「おまえは興味津々《きょうみしんしん》のようだな」

アシフは少し苦い顔をしながら、冷やかすように竹雪を流し見る。

「う、……その、べつに競馬自体にはそれほど惹かれないんだけど」

また好奇心満々のお子様だと思われるのも悔しくて、竹雪は言葉を濁す。

実際、竹雪が経験したいのは、国際的なG１レース観戦そのものより、世界のセレブが一堂に会するという華やかな雰囲気だ。昭和初期までは侯爵《こうしゃく》家として名を馳せていた小野塚《おのづか》家も、今ではごく普通の市民でしかない。王侯貴族達が集まるところなどにはついぞ縁がなく、純粋な興味があった。

「元々おまえは好奇心の強い方のようだな」

「そう……かな？」

「でなければ卒業旅行の行き先にカッシナなどはまず選ばないだろう。オールドスークと呼ばれる昔ながらの迷路のように入り組んだスークを、なんの予備知識もなく一人で彷徨《うろつ》くこともなかったんじゃないか。極めつきは、せっかく悪党どもの手から助け出してやった相手に挨拶もなく勝手に砂漠に迷い出るようなばかげた真似をしでかしたことだ」

「アシフ！　もういいじゃないか、そんなこと！」

「そんなことだと？　まったく！　好奇心は猫も殺すということわざを知らないのか」

「知ってるよ。ばかにしないでほしいな」

話がスークでのことや砂漠でのことに及んでくると、竹雪の立場はぐっと弱くなる。

竹雪は気まずさに頬を染め、突《つ》っ慳貪《けんどん》に返した。

「もう、アシフのばか。意地悪っ！　僕を連れていきたくないんなら、さっさと初めからそう言って断ればいいだろ！」

べつに竹雪も、どうしてもとわがままを言うつもりはないのだ。

赤くなって怒る竹雪に、アシフは一転して笑いだす。

「誰も行かないとは言っていない」

「えー？」

なら行くの、という目つきでアシフを窺《うかが》うと、アシフは掛けていたサングラスを外し、ニッと小気味よさげに片目を瞑《つむ》ってみせた。

市街地のビルの一階に入っているコーヒーショップの人込みに紛れていても、竹雪にはすぐさまアシフがわかるだろう。たぶん、こんな深くて澄み切った綺麗なブルーアイズの持ち主は、そうそういない。

竹雪はどぎまぎしてきた胸の鼓動を抑えるため、手にしていたコーヒーに口をつけた。

「連れていってやってもいいが、くれぐれも俺の傍から離れないと誓うんだ。おまえがおとなしくしていると約束するなら、俺も久々にワールドカップを観《み》るのはやぶさかでない」

「もしかして、レース場は砂漠みたいに危険なの？」

まさかと思いながら冗談半分に聞いてみる。

意外にも、アシフはあからさまに苦虫を噛み潰したような顔になり、頷いた。

「場合によっては砂漠よりもっと危ないかもしれない。だから竹雪、よく肝に銘じておいてくれ。いいな？」

念まで押されて竹雪もさすがに神妙になった。

「わかった。約束する」

決して勝手なまねはしないと誓うと、アシフはたちまち渋面《じゅうめん》を崩した。

「さて、それではそろそろ今晩のディナーの席が設けてあるクリーク沿いのレストランに案内しようか」

言われてみると空腹感が増してきた。陽はとうに落ちている。

バージュに来て三日目の夜だ。

明日は昼食後に支度をしてレース場に出かけ、夜中まで逞しく美しいサラブレッドたちの疾走を観戦する。

竹雪は新たな楽しみができたことに高揚してきた。

確かに普通よりも強い好奇心を持ち合わせている部類に属するのかもしれない。

だが、今度は絶対アシフに迷惑をかけるような腑甲斐ないまねはしない。竹雪はあらためて心に深く刻み込ませた。

レース場はバージュの市内から車で二十分程度行ったところにある。敷地内にゴルフ場も併設された、大規模な施設だ。

レース自体は夕方から始まる。第一レースのスタート時刻は午後五時五十五分。これは毎年伝統的に決まっているらしい。レースは全部で六レースあり、そのうちワールドカップと呼ばれているのは、第四レースである。

準備は朝方から行われていて、観戦に訪れる人々は午後一番から三々五々に足を運びだす。客層も様々だ。ばりっと着飾った紳士や淑女たちはもちろんのこと、ごく一般的な家族連れ、企業が招待した得意客、メインスタンドの特等席を占める王族たちというように、いろいろな人々のグループが広い会場を埋め尽くす。

アシフに連れられた竹雪は、着慣れぬアラブの民族衣装に初めて身を包み、戸惑い気味だった。皆、礼装をして臨《のぞ》む、とアシフに言われ、この際だから一度アラブの礼装をしてみてくれないかと勧められたのだ。唐突で面食らったが、アシフが本気で見たいと言うのなら、竹雪も承知するしかない。ただでさえ日頃からアシフには世話になりっぱなしだ。何かひとつくらい返せることがあるのなら、すぐにでもそれをしたいと思っていた。礼装するくらいでいいのなら喜んでする。

くるぶしまである白地の衣装に、豪奢な金糸のモールが縁飾りにあしらわれた黒の上掛けを重ね、腰は繻子織《しゅすお》りの帯で締める。頭にはもちろん白い布でできた被り物をして、ヤスマグで留めた。

そうしてアラブの衣装に着替えた竹雪をとくと見つめ、アシフは切れ長の瞳を柔らかく細めた。

「綺麗だ。おまえは何を着ても様になる」

そう褒《ほ》めてくれたアシフ自身、豪奢な民族衣装が素晴らしく似合っていた。あらためて惚れ直してしまいそうになるほど、堂々としていて威厳に満ちている。品格も並の人間とは絶対的に一線を画していた。

「今すぐキスして押し倒したいほどだ」

「そ、それは、だめ」

まんざら冗談でもなさそうに大胆なことを口にするアシフの腕を引き、竹雪はバトラーが手配してくれたロールスロイスに乗り込んだ。

思っていたよりずいぶん支度に時間を取られ、レース場に着いたときには三十分後に第一レースが始まるという時刻になっていた。

車を降りた二人を、レース場のスタッフが出迎える。あらかじめホテル側から連絡を受けていたようである。どこに行ってもアシフは特別待遇だ。今さらながら竹雪は、日本では実に不遜で無礼な扱いをしたのではないかと、少しだけ恐縮した。もしかすると竹雪の父も、今ごろ青ざめているかもしれない。

「こちらにお席をご用意させていただきました。どうぞ、殿下」

案内してくれるスタッフの後に続き、屋内の通路を進む。

竹雪は約束した通り、アシフの傍を離れないように注意して歩いた。

スタンドにはぎっしりと観客が入っている。皆、色とりどりのファッションに身を包んでいるのだが、アラブ世界だなと感じさせられるのは、地元の女性達が纏《まと》っている黒や黄や緑などの被り物だ。男性も白い民族衣装に帽子や被り物をした出で立ちの人々がかなりの数目についた。さすがにタキシードやスーツを着ている人はスタンドには見当たらない。

「今年はワールドカップレースだけでもお賭けになりませんか」

二人を席まで送り届けようとついてきた黒い制服姿のＶＩＰ専用スタッフの男がアシフに話しかけている。

「今年はサクトゥーム閣下《かっか》の所有されている馬が、大層前評判が高うございます」

「そうか。閣下は著名な馬主であらせられるからな」

アシフはさして気乗りしていなさそうな返事をしていた。

竹雪はアシフの背中にぴったりついて行きつつ、本当にアシフは競馬に関心がないのだなと感じ、ねだってまで連れてきてもらったことを少々悪かったかと思い始めた。竹雪自身、賭け事にはまったく興味がない。ただ、パチンコやボートレースなどの他の同じような娯楽に比べたら、まだ競馬は許容できるという程度だ。

ＶＩＰ専用らしきエレベータに乗り、二つ上の階まで上がる。

一般の観客席は、今まで歩いてきた建物内を最上部として、芝を敷いたレーストラックを楕円《だえん》に囲むスタジアムになっている。それからさらに上にバルコニー式の貴賓席《きひんせき》が用意されているようだ。

エレベータを降りて廊下に出ると、もうそこは明らかに特別な賓客のために造られた場所だということが明確だった。廊下から品のよいペルシャ絨毯が敷かれている。カーブした通路の右手側には、貴賓室への扉が数メートル置きの間隔で並んでいた。

どこからか、出走馬の紹介をするアナウンスが流れ始め、スタンドにどよめきが走るのがここまで聞こえてきた。

いよいよ第一レース開始の時間が近づいたようだ。

裾が長くて歩きにくい衣装を持て余しながら、竹雪はやや足早になった。アシフは竹雪を気遣っていつもよりかなりゆっくりとした歩調になっていたのだが、それでも竹雪は遅れがちになる。サンダルが歩きにくいせいでもあった。ときおりすれ違う人々の中には、いかにも物珍しげに竹雪の顔を覗き込んでいく欧米の紳士淑女連中がままいて、竹雪はいいかげんうんざりしていた。じろじろ見ないでくれ、と怒ってしまいそうになる。

「アシフ、あっ！」

急ぎ足になったため裾を踏んで躓《つまず》きかけ、竹雪は焦って両腕を前に伸ばした。

「竹雪」

アシフが素早く振り返り、余裕綽々《よゆうしゃくしゃく》の動作で前のめりになりかけた竹雪を受けとめる。

「気をつけろ」

「ごめん」

恥ずかしさに顔から火が出そうだ。この粗忽《そこつ》ぶりは今に始まったわけではないが、本気でそろそろどうにかしなくてはと溜息が出る。

「仕方のないやつだ」

なんのかんのと注意しながら、アシフは竹雪が愛しくて、心配でたまらないという顔をする。

竹雪は面映《おもは》ゆさと同時に気にかけてもらえる嬉しさを噛み締めた。

「大丈夫でございますか、殿下。竹雪様」

黒服と案内役のスタッフも足を止め、気遣ってくれる。

「ああ、問題ない。躓きそうになっただけらしい」

それまで竹雪の顔を覗き込んでいたアシフは、そう答えつつ顔を上げ、竹雪の肩越しに背後を見据え、おやというように眉を寄せた。

どうしたのだろうと訝《いぶか》しくなり、竹雪も振り返る。

人気のなくなっていた廊下をこちらに向かって歩いてくる二人連れの男性が目に入る。

二人ともアラブ人らしい。

前方を歩く男は、アシフに優《まさ》るとも劣らない、惚れ惚れするような立派な体躯の持ち主だ。金や銀をふんだんに使用した派手な衣装がとてもよく似合う。胸板が厚くて肩幅が広く、下半身はぎゅっと引き締まっているため、非常に見栄えがした。被り物をしていても、ギリシャ人のような高い鼻梁《びりょう》とすっきりした灰色の目、どことなく傲慢な印象を与える一文字に結んだ口元などから、男が大層ハンサムで魅力的なのはわかった。

もう一人は、どうやらこの男の側近か何かのようだ。ほっそりと痩せていて、中東の人とは思えないほど色が白い。顔立ちもどことなく欧州風で品があり、とにかく、一目見ただけではっとして視線を逸らせなくなるほど綺麗な人だった。

「アシフ殿下じゃないか。奇遇だな」

相手もアシフに気づき、驚いた顔をする。

「久しぶりだな、サファド陛下《へいか》」

アシフはまるで竹雪を背中に隠すようにして、近しい者同士が挨拶をするくらいの距離まで近づいてきて立ち止まったサファドと対峙《たいじ》する。アシフの声音に微妙に構えた調子が含まれているようで、竹雪まで軽く緊張した。陛下という敬称を付けるからには、どこかの国の王様なのだろう。そのわりに口調がざっくばらんなのは、幼なじみか何かといった旧知の仲のためかと思われる。

「ルカイア殿もしばらく」

「畏《おそ》れおおいお言葉にございます、殿下。私のことはどうぞルカイアと呼び捨てになさってくださいませ」

ルカイアは丁重に頭を下げ、恐縮する。

「で、そちらは?」

サファドの視線がアシフの陰に匿《かくま》われたような格好になっていた竹雪の顔の上で止まる。

竹雪はドキリとして、目の前にあるアシフが頭に被った布を思わず握り締めていた。サファドの眼光は鋭い。まるで鷹が獲物を狙うときのようだ。鷹といえば竹雪にとってはまさしくアシフを指す単語なのだが、そういう意味でもこの二人は同じ匂いがした。

「小野塚竹雪だ」

それ以上の詮索《せんさく》は無用とばかりのすげなさで、アシフが竹雪の名前だけを教える。

「ふうん、もしやすると、この竹雪くんのために、きみはめったに顔を出さないイベントに久々に姿を現したのか。なるほどな」

いったい何を「なるほど」と納得した気になったのか、竹雪にはさっぱり見当もつかない。もしかすると、サファドにはあまり近づかない方がいいのかもしれないという漠とした不安を感じるのだが、果たしてその印象もどこまで当たっているかは自信がない。反対にサファドの一歩後方に物静かな様子で控えているルカイアとは、話をすると気の合いそうな予感がしてちょっと心惹かれた。竹雪は知り合って間もない人とでもあまり物怖じせずに話せるのだ。

「たまには綺麗な動物を見るのも一興だろう。単にそれだけの話だ」

アシフはあくまでも内情に立ち入らせようとせず、淡々とした答え方をする。竹雪には、なぜだか、そのときサファドが心の中で舌打ちしたような気がした。

どうやら二人は、旧友というよりも、しのぎを削るライバル同士だったのではないか。竹雪はそんな印象を受けた。

「ところで、きみ、バージュにはいつまで？」

「明後日か明明後日だろう」

「つまりまだはっきりとは決めていないわけか？」

アシフは肩を竦《すく》め、「そういうことだ」と返事する。本当に言葉数が少なくて、できればこの場を早く切り上げたがっているのが伝わってきた。

「陛下。そろそろレースが始まるようですが」

ルカイアが控えめに知らせる。

「おう、そうか、それはいけない」

アシフとは違って競馬好きらしいサファドは、太めの眉をひょいと跳ね上げ、唇に薄笑いを浮かばせた。

「それではまたな、アシフ」

「偶然会えて懐かしかった」

今度は敬称を付けずにアシフを呼び捨てにしたサファドからは、もう少し長く話をしていたがっている雰囲気を感じたが、アシフは最初から最後まで感情を含ませずに、あくまで深入りしないつもりでいるようだ。

変な関係。サファドのことを何も知らない竹雪は、先に廊下を進んでいく二人の背中を見送りながら、胸の内でこっそり呟いた。

「竹雪、行くぞ」

ぼんやりしていたところをアシフにポンと肩を叩いて促される。

「あ、はい。ごめんなさい」

竹雪ははっとしてアシフについていく。

案内された部屋は、広さこそ三十平米にも満たないが、品格のある内装で纏《まと》めた立派な場所で、ガラス戸を開けてバルコニーに出ると、瑞々《みずみず》しい芝を敷いたレーストラックが一望の下に見渡せた。

すでにレースは始まっている。

スタンドの客たちは手に汗握って勝敗の行方を追うのに夢中になっていた。

周回の途中で順位が変わるたび、うわーっと腹の底に響くようなざわめきが起きる。

疾風《はやて》のように駆け抜ける黒毛の馬は、幻想的なほど美しかった。

ゴール間近まで、先頭を走る三頭がほとんど僅差《きんさ》で一塊《ひとかたまり》になっていたのだが、突然一騎が鼻一つ抜きんでてきて、そのままゴールした。

再びスタンド中がどよめく。

「すごい、すごいよ、アシフ！」

手すりから身を乗り出すようにしてレースの様子に見入っていた竹雪も、興奮した声を上げ、ガラス戸に凭れているアシフを振り仰いだ。

「馬は本当に綺麗だね。きっとアシフの馬も、土の上を走るときは砂漠よりもっと速く駆けるんだろうね？」

「もちろんだ」

あまりにも竹雪がはしゃぐからか、アシフはおかしそうに含み笑いをする。

「アシフはやっぱり競馬は嫌い？」

「いや」

アシフはゆったりとした足取りでバルコニーに下りてくると、竹雪の真横に来た。それだけで竹雪はホッとする。もしかするとアシフはつまらないのではないか、自分のせいで来たくもない場所に来て、実は不愉快なのではないかと心配していた気持ちが薄れていく。

「だが、俺は競馬よりもおまえを見つめている方がよほど楽しいし興味深い」

「アシフ」

面と向かってそんなふうに言われると、どう返事をすればいいのかわからず、やたらと気恥ずかしさばかりが先に立つ。

「……ねぇアシフ」

竹雪は思い切ってアシフの肩に頭を倒して預けた。

「僕はたぶん世の中で二番目くらいに幸せな人間かもしれないな」

「二番なのか？　それは少し微妙だな。心外という気もする」

「何も一番じゃなくていいんだ。僕は一番よりも二番が好きだけど。なんとなく余裕があって落ち着けるから」

「そうか。それなら、二番でもいいとしよう」

アシフの指が竹雪の髪をくしゃりと撫でる。

竹雪はますますアシフに身を近づけた。互いの体温や息遣いまでもがはっきりと感じられる距離だった。

今ならば変に構えずとも自然に話を向けられそうな雰囲気だったので、竹雪はさりげなく聞いてみた。

「さっき廊下で会ったのはどういう方？」

「ん？　ああサファドのことか」

アシフは一瞬虚を衝《つ》かれたように眉を寄せたが、別段隠し立てするつもりもないようで、落ち着き払った態度を崩すことなく続ける。

「彼はカッシナの隣国、バヤディカ王国の国王だ。サファド・ビン・タフィーク。つい一昨年、先王が病床で崩御《ほうぎょ》して長男の彼が即位した。俺とは同い年の上、境遇も似たところが多くて、英国に留学していた頃の、もう十年以上前からの付き合いだ。だが、単純に仲がいいと言ってしまうと少々語弊《ごへい》があるな。お互い負けず嫌いで、ことあるごとに何かと競ってきた仲だ。久しぶりに再会しても今ひとつ素直に喜べないのは、また何か企んでいやしないかと疑ってかかる癖がついてしまっているからだ。だが、おまえには失礼なことをしたな。きちんと紹介もせず悪かった」

「それは気にしないで。たぶんあの場で紹介されても、僕は陛下の纏ったオーラに威圧されてずいぶん緊張していたから、しどろもどろの挨拶しかできずにかえってアシフに恥を掻かせてしまったかもしれない」

「正直、俺もおまえをサファドと引き合わせたくなかった」

アシフがボソリと白状する。

「どういう意味？」

思わずアシフの顔を振り仰いで問い返したが、アシフは「いや、なんでもない」と首を振り、気まずさを紛らわすように視線を遠くに彷徨《さまよ》わせる。腑に落ちなかったものの、竹雪は諦めて口を噤《つぐ》む。

どうやらアシフとサファドの関係は、竹雪の感じた通りでほぼ間違いないらしい。ライバル意識を強く持つ友人同士というわけだ。さっきはどちらもお世辞にも友好的な態度とは言い難いと思ったが、案外普段からあんなふうに互いを牽制《けんせい》し、腹の奥を探るのが当たり前の関係なのかもしれなかった。

バヤディカか……。

竹雪は再び芝に目をやって物思いに耽《ふけ》る。地図の上では知っているが、どんな国なのかはほとんど知らない。

新たな好奇心が湧いてくる。

しかし、竹雪はそれを慌てて頭の片隅に追いやった。

サファドはアシフの知り合いであって、竹雪とはなんの関係もない男だ。しかも、ただの人ではなくて一国を統《す》べる高貴な身分の、まるで別世界に属する人である。へたに関心を抱いても仕方がない。

しばらくすると、第二レースに出馬する馬の紹介のアナウンスが始まった。

アシフはまだ竹雪の隣に立っている。ここで竹雪と共にレースを観戦するつもりのようだ。

竹雪は頭を切り換え、目の前で繰り広げられるイベントに意識を集中させ、愉しむことにした。

本来の目的は元々競馬レースの観戦だったことを、あらためて思い出したのだ。

「座ろうか？」

手すりにかけられたアシフの腕を引き、竹雪は背後に用意された観戦用のシートを見やる。

ああ、とアシフは微笑して頷き、四つ並んだバルコニーの椅子のうち、中央の二つに竹雪と並んで腰かけた。

陽は刻々と傾いてきており、間もなく薄暮が辺りを包みそうな気配になっている。

遠方に見下ろせるパドックでは、第三レースの出走馬たちが厩務員《きゅうむいん》に手綱《たづな》を取られてゆっくりと周回している様子が窺えた。柵の周囲にはどの馬に賭けるか見極めようとする客が鈴なりだ。

スタジアム席は先ほどよりもさらに込んでいるようだった。

アシフはシートの肘掛けの内側についたボタンを押し、付き人用の控えの間で待機している係を呼ぶと、チャイを淹《い》れてくるように頼んだ。頭にターバンを巻いた係の男は、深々と腰を折って「すぐにお持ちいたします」と畏《かしこ》まる。

そうこうしているうちに次のレースの出走馬がゲートの後ろに集まり始めた。

狭い枠の中に次々と入れられていくのが見える。

いよいよ第二レースだ。

またあの馬たちが力強く走り抜ける見事な光景を目の当《ま》たり《あ》にできるのかと思うと、竹雪は胸が躍《おど》ってきた。賭けることには興味はないが、しなやかで綺麗な動物を見るのは大好きだ。

「そんなに馬が好きなら、今度アスランに乗って遠乗りにでも出かけよう」

そう言ってアシフは眩しげに目を眇《すが》めつつ竹雪の顔を見つめる。

傾いた太陽の光がたまたま目に入ったからなのか、それとも単に無邪気な竹雪が興味深かったからなのか、竹雪にはどちらとも判断がつきかねたが、少なくともアシフが満足そうにしていることだけはしっかり察せられた。


「あの青年について何か知っているか、ルカイア？」

バルコニーの貴賓席にどさりと腰を下ろしたサファドは、顔をまっすぐ前に向けたまま、斜め後ろに静かに控えて立っているルカイアに唐突な質問をした。

あの青年、と口にしたとき、サファドは竹雪の整った顔を脳裏に浮かべていた。

突然の成り行きに当惑していたが、普段はさぞかし小生意気で跳ねっ返りなのだろう。好奇心に輝く黒い大きな瞳が一番印象に残っている。出自がよく、甘やかされて育ってきた者にありがちな、世間知らずで純粋な雰囲気も感じられた。何よりサファドの関心を掻き立てるのは、あの朴念仁《ぼくねんじん》のアシフが、どうやら竹雪に心底惚れていて、夢中になっているらしいことだ。

「これまでアシフに関しては浮いた話の一つも耳にしなかったのだが、今度ばかりは期待してよさそうだな。一人が気楽と言って憚《はばか》らなかったアシフが異国の青年を身近に置いているというだけでも、今までの彼からは想像もつかないことだ。おまえ、あの二人は寝ていると思うか？」

「噂は少々耳に入れておりました」

ルカイアは落ち着き払った様子でサファドに答える。せっかちで強引なサファドに立て続けに聞かれても少しも狼狽えることなく、睫毛《まつげ》の長い目を伏せがちにして、淡々としていた。あまり感情を表に出さず、いつもそつなく振る舞う。ときおりサファドはルカイアのその態度を冷淡で面白みがないと感じるが、側近として他の誰より有能で、男にしておくには惜しいくらいの美貌がたいそう気に入っているので、些末なことには目を瞑り、引き立ててやっている。

「カッシナの日本大使館に務める参事官の弟さんだとかで、どういう経緯があったのかは不明ですが、アシフ殿下はずいぶんご執心のようです。お綺麗な方ですから殿下が心惹かれられても無理はないかもしれません。噂では単なるお気に入りという程度にしか聞いておりませんでしたが、先ほどのご様子をお窺いしますと、おそらくは恋人……なのではないかと思われます。ひとときも王宮にじっとしておられない殿下の活発な行動はすでに珍しくもなんともありませんが、つい先日までの非公式の日本ご訪問は、竹雪さんのためではないでしょうか」

「やはりそうか」

サファドはニヤリと唇を横に引き伸ばし、満悦した。

「あいつが同性の恋人を持つとはねぇ。留学先の寄宿舎でもずいぶん同性愛が横行していたものだが、あいつだけはまったくその気にならなかった。しかし蓋を開けてみればこれとは、意外とわからないものだな。なんだかちょっと面白くなってきたぞ。ちょうどいい退屈しのぎになりそうだ」

「退屈しのぎ、でございますか……？」

嫌な予感でもしたのか、ルカイアの声に微かな戸惑いが生ずる。同時に、一抹の不安や不服、何を言ったところで自分では諫《いさ》められないという諦観など、さまざまな思いを頭の中で錯綜《さくそう》させているらしいのも感じ取れた。他の人間の目にはいささか難解に映るルカイアも、サファドにとっては隠しごとのへたな、わかりやすい相手だ。ハーレムに囲った十四人の女性たちの誰より繊細で、そのくせいざとなればサファドのために命を賭けるのも厭《いと》わない勇猛果敢さも持っている。

サファドに対するルカイアの情はかなり深いと、サファドは自惚《うぬぼ》れていた。

「悪趣味だと思っているか？」

サファドは首を回してルカイアを振り仰ぐ。

案《あん》の定《じょう》、ルカイアは複雑な表情をしていた。薄茶色の瞳には、不愉快に感じているのを隠しおおせずにいる内心の乱れが、微かながら覗いている。ルカイアがなぜ不快になるのか想像すると、サファドもまんざら悪い気はしない。一種の嫉妬だろうと思うのだが、サファドはやきもちを妬《や》かれるのは嫌いではなく、むしろ男の勲章《くんしょう》だと捉えていた。

ルカイアはピンと背筋を伸ばして立ったまま、「いいえ」と短く否定してサファドから視線を外す。サファドの言葉はルカイアにとって絶対だ。逆らうことは生涯君主に忠誠を誓う貴族階級の出身として許されないと、頑なに考えている。

「私は陛下のご命令とあればどんなことでもいたします」

ルカイアは気を取り直してよけいな感情を払いのけたようだ。きっぱりした口調で決意の程を示す。

「確かにおまえはよくやってくれている」

サファドも感謝の気持ちを率直に表すと、首を元に戻した。

トラックでは次のレースに出る馬が、小柄な騎手を背に乗せ、係の人間の手でゲートに導かれているところだった。

「いかがいたしましょう?」

「そうだな……」

いつもの癖でサファドは、右手の人差し指で左手の甲をトントンとリズミカルに叩いた。何かを画策するときについしてしまう動作だ。

ルカイアはサファドの指示を黙って待っている。

ややしてサファドは言った。

「とりあえず、二人を我が国に招待するかな」

「では明日にでも殿下の滞在先に招待状をお届けして参ります」

「ああ。そうしてくれ」

まずはアシフと竹雪を自分のテリトリーに招じ入れ、サファドが有利に動ける環境を作る。その後どうするかは追々考えていけばいい。

問題は、アシフがサファドの申し出を胡散臭《うさんくさ》く思って乗ってこなければ何もできないということだ。アシフは思慮深く冷静で、したたかだ。やすやすと言いなりにはならない。昔から何かと競い合ってきただけに、サファドの思惑通りにあっさりと招待を受けるかどうかは非常にあやしかった。

「東洋人の竹雪が、我が国に興味を持ってアシフにねだってくれれば話は簡単に進むだろうが、そうでなければ断られる可能性が高いかもしれんな」

「おそらくご心配には及ばないでしょう」

ルカイアがやはり抑揚を欠いた単調な声音で応じる。

「ほう?」

サファドは眉尻を跳ね上げ、どういう理由でそんなふうに請《う》け合《あ》うのか訊ねた。

対するルカイアの返事は、それまでにも増して冷ややかでそっけなかった。

「竹雪さんはどうやら陛下に、アシフ殿下に対するのとは別の意味での関心を抱かれたご様子でした」

もしルカイアの見解が正しければ願ってもないことだ。

サファドは誰にも見られていないことを承知の上で、ふっと意地悪く口元を綻《ほころ》ばせた。

たいがいのことには動じないアシフには、これまでずっと悔しい思いをさせられてきた。常に一段格が上という印象を周囲に植えつけて、プライドの高いサファドに我慢ならない屈辱を味わわせたことが、過去に幾たびもあった。ほとんどは取るに足らないどうでもいいことではあったかもしれないが、傷ついて歯噛みし、憤りで眠れぬ夜を過ごした事実は頭の中にしつこく残っている。

今度こそアシフの弱みにつけこみ、一矢報《いっしむく》いるチャンスだ。

ぜひともアシフが焦って青ざめ、狼狽えるところが見たい。

「本当に、愉快なことになりそうだ」

思わず洩れた呟きを聞いたのは、忠実な側近のルカイアだけだった。

Ⅲ

バージュ国際空港を午後二時に出立した王室専用機は、およそ二時間半かけてサファドの国バヤディカ王国の首都ハウラに到着した。

プライベートジェット機による空の旅は快適だった。

着陸前、旋回しながら高度を下げ始めた機体の窓から眺めた地中海は穏やかに凪《な》いでいて、濃いブルーグリーンが太陽の光を浴びて魚の鱗《うろこ》のように銀色に輝いて見えた。

竹雪《たけゆき》は飽かずに海を見ていて、アシフに「馬の次は海か」とからかわれた。

以前はそれほど周囲のことに関心を持つ性格ではなかったはずだが、カッシナを訪れて周囲三百六十度に広がる砂丘を実際目にして茫然《ぼうぜん》として以来、いろいろなことに興味が湧くようになってきたようだ。

中東に生きるアシフのことをもっと知りたいという思いが、竹雪の気持ちを彼に関連するあらゆる方面に向かわせる。それらを少しずつでもいいから理解して、よりアシフに心を近づけられる助けになってくれれば、と願うようになったからかもしれない。

ハウラ国際空港では十名ほどの王室専従スタッフに出迎えられた。

あくまでも非公式の訪問だとサファドに念を押したアシフの意を汲《く》み、閣僚は誰一人として姿を現していなかった。

タラップを下りて赤い絨毯の敷かれた上を歩く。

スーツに濃い色のサングラス、髪を束ねて、というお忍びの時のスタイルでバヤディカに入国したアシフは、ここでも自国に帰ってきたかのように堂々としていて、威厳に満ちている。竹雪はアシフの横を、心臓が飛び出そうなほどドキドキしながら進んでいった。

皆の視線が注がれるのを感じる。

いったいこの青年はアシフ皇子のなんなのだろう、と訝しげに見られている気がした。

緊張に足が縺《もつ》れてしまいそうだ。アシフを見習って胸を張り、まっすぐ歩こうとしても、なかなかうまくいかない。何度アシフに「ちょっと待って」と声をかけそうになったかしれなかった。

アシフも竹雪の困惑をわかっていて、極力歩幅を緩めてくれているのだが、前を行くサファドとその両脇を固める護衛官、そしてルカイアとの距離があまり離れてもいけないので、限度があった。二人の後方にも、王室専従スタッフが五名と護衛官二名がぴったりついてきている。

赤い絨毯の道は、王家の紋章をエンブレムにした大型のリムジンのドアまで続いていた。

スタッフの手で恭しくドアが開かれ、最初にアシフ、続いて竹雪、そしてサファド、ルカイアの順に車に乗り込む。

「無理をきいてもらえて光栄だよアシフ」

「久しぶりに会ったんだ。たまには旧友と夜通し語り合うのも悪くない」

「きみからそう言ってもらえると、本当に嬉しいね」

機内では離れて過ごしていたため、車内で対面に座した二人は挨拶と御礼を兼ねた当たり障りのない話から会話を始める。

竹雪はそのやりとりをおとなしく聞いていた。会話はニュースキャスターのように聞き取りやすいアラブ語で交わされていたが、まだ囓《かじ》る程度にしか学んでいない竹雪には、簡単な内容であれば理解できるものの、知らない単語が続くとただの音にしか聞こえなくなる。アシフとサファドのやりとりも、しばらくするとすっかりわからなくなってしまい、ついていくのを諦めた。一度だけサファドの口から「竹雪くんは」という言葉が出て、自分のことを何か言われているのだなとドキリとしたが、アシフがどう受け答えしたのかもわからぬまま、流れていったようだった。

――本当に連れてきてもらってよかったのだろうか。

今さらながら竹雪は、微かな後悔を感じていた。

競馬場で会った次の日、ルカイアがアシフを訪ねてホテルまで使いにやってきた。国の正装らしき改まった姿で、白いカフィーヤの下に見え隠れしている緩くウエーブのかかった茶色の髪と、涼しげな目元が特に印象深かった。竹雪とたった二歳しか違わないと聞いていたが、しっとりと落ち着いた雰囲気をしているからか、もう少し上に見える。

ルカイアが持参したのは、サファドからの招待状だった。

是非一度お二人でお越しくださいと慇懃《いんぎん》に頭を下げられ、竹雪は好奇心がむくむく膨らむのを抑えきれなかった。

渋い顔をして、その場ですぐには返事をしたくなさそうにしていたアシフを、「行きたい！」と口説《くど》いた。ルカイアの前だったので、控えめに耳元に囁くようにしてねだったのだが、ルカイアの顔に柔らかな笑みが広がったことからして、何を言ったのかすぐに察したのだろう。

「少し待っていてもらいたい」

ルカイアに断って書き物机の備えられた隣室に向かったアシフは、戻ってきたとき自分の紋《もん》章《しょう》が透《す》かし彫《ぼ》りされた封書を手にしていた。返事の手紙だ。

王の使いであるルカイアは、預かった手紙を大事に持って帰り、その時点では竹雪もアシフがどうすることに決めたのか知らなかった。

知ったのは二人になってからだ。

「三日間だけで我慢してくれないか」

竹雪が聞く前にアシフから先回りして言ってきた。

三日間でも嬉しかった。

顔中を喜びに満たしてアシフの首に縋《すが》りつき、ありがとうの意を込めて竹雪から何度もキスすると、それまで無表情に近かったアシフもまんざらでもなさそうな顔になってきた。

そのままベッドルームにも行かず、大きなソファの上で抱かれたのは絶対誰にも秘密だ。思い出すと顔から火が出るほど恥ずかしい。いつの間にこんなに奔放で節操のないことをするようになったのだろう。ドアの外に立っている警備官にもし声を聞かれていたならば、恥ずかしくて死んでしまいそうだ。

翌日、早速荷物を纏めてホテルをチェックアウトし、来たとき同様チャーターしたヘリで空港に向かった。

空港で待ち構えていたサファドはやはり自国の衣装に身を包み、よくできた人形のようなルカイアを、相変わらず自分の持ち物であるかのように従えていた。

そうして訪れたバヤディカの首都ハウラは――一言で表すなら、美麗な都市だった。

空から見下ろした際にも綺麗だと感じたが、車で移動しながら見ても印象は変わらない。

石油発掘事業で得た潤沢な資金を元手に、大規模な灌漑工事が施され、街のあちこちに豊かな緑が点在している。天を突くのではないかというくらい高く成長したフェニックスやポプラが見事な景観を作っていた。

街は地中海に面した沿岸と、国土を縦断して流れる川沿いを中心にして発展している。ただし、都市部を少し離れるとすぐそこまで砂漠地帯が迫ってきており、バヤディカもまたカッシナや昨日まで滞在していたアルマハ首長国などと同じく、国土の半分以上、いや、三分の二ほどまでもが砂漠という、厳しい自然状況下にある国なのだと思い出させられる。

「竹雪さん」

一人おとなしく車窓を流れる風景を眺めていた竹雪に、ルカイアが気を使ったように話しかけてきた。丁寧な発音の英語だ。アシフがサファドと話し続けているので、放っておかれる竹雪が退屈したり心許ない気持ちになったりしては申し訳ないと心配したようだ。淡々としているようでいて、実は細かなことにまで配慮できる、心根の優しい人なのかもしれなかった。

竹雪は、サファドのすぐ隣ではなく、一人分の空間を残して竹雪から見た斜め前の位置に遠慮がちに座っているルカイアに顔を向けた。

ルカイアも竹雪を見返して、穏やかに微笑する。

「お疲れになったのではありませんか？」

「いいえ、べつに」

竹雪は率直にありのままを言う。

「王室専用のジェット機なんて普通ならなかなか経験する機会もないものに乗せていただいて、

すごく感激しました」

「ああ、でも、竹雪さんはこの先きっとまだまだ何度もそういう機会に恵まれていらっしゃるのではありませんか。アシフ殿下のお側におられる限り、確信を持って言えるでしょう」

ということは、アシフもジェット機を持っているのだろうか。初耳だったので竹雪は目を見開き、半信半疑にパチパチと睫毛を瞬かせた。なにしろ、竹雪にとってのアシフのイメージは、馬に跨《またが》り砂漠を走って近づいてくる、あの再会の時のアシフなのだ。スーツ姿で飛行機や車の中で寛ぐアシフには、まだ少し慣れきらず、軽い違和感や物足りなさを感じる。格好いいことは確かだが、インパクトは小さいのだ。

「このたびのご滞在で竹雪さんに我が国をお気に召していただければよいのですが」

今度は少し遠慮がちに、いかにも自信なさげな低い声で言われ、竹雪は意外に思った。まるでルカイアは、竹雪がバヤディカを気に入らないだろうと予測しているようだ。なぜそんなふうに思うのか聞いてみたくなる。

しかし、そうする前に車は王宮前広場に辿り着き、竹雪はそちらに気を取られてしまった。

「わぁ、すごい。白亜の宮殿だ」

威風堂々とした立派な建物で、思わず声が出た。

「竹雪」

アシフとの会話を中断したサファドが、呼び捨てにするのが当然のような気さくさで、竹雪に話しかけてくる。王宮に対する竹雪の感嘆ぶりに、ずいぶん気をよくしたらしい。

「滞在中はここを自分の家だと思って寛いでくれ」

平常は鋭くて容赦のない力強さを感じさせるサファドの灰色の目も、今はかなり柔らかな印象を湛えている。じっと見つめられると、竹雪は知らず知らずのうちに心が動揺してくるのを感じた。なんだか視線で裸にされているような気分だ。心地悪さと不安で息苦しくなる。

粗削りだが、精悍《せいかん》で野性味に溢れた、いい顔つきをした王様だと、竹雪はこのときにもまた思った。強引なくらいにぐいぐいリードしてくれそうなところなど、強い男が好きな女性には堪《たま》らないだろう。アシフとは別のタイプの魅力を持っていて、どちらも甲乙つけがたい。

若くて精力的で、何事に関しても積極的な遣り手らしいサファドには、後宮に十四人からの妾《めかけ》がいるそうだ。なるほど、さもあらんと納得する。それでもいまだ正式な妻は迎えていないというのが、いかにも剛胆かつ自由奔放、そして自意識の強い自信家だとアシフが評するサファドらしい気がした。

身に余る光栄な言葉をかけてもらった竹雪は、どう返事をすればいいのか迷い、アシフのスーツの袖をツンツンと引っ張った。

アシフは竹雪のめったにないはにかみぶりに冷やかすような視線を向けると、

「もちろんそうさせてもらうと答えればいい」

と言って、おかしそうに目だけで笑った。

「おまえはサファドの客だ。堂々としていればいい。もし誰かが滞在中におまえに無礼な振る舞いをしたら、俺がすぐに行って懲《こ》らしめてやろう。たとえ相手がどれほど身分の高い人物でも、俺は許さない」

「アシフ」

珍しく感情的になって大仰なことを言うアシフに竹雪は驚いた。一瞬冗談かとも思ったが、アシフの目つきはつい先ほどとは打って変わって真剣だ。笑って聞き流すのは憚られるくらい確固とした意志が感じられた。

「おいおい、怖いことを言う殿下だな」

サファドがアシフを茶化して笑ったが、軽い口調とは不釣り合いにサファドの顔の表情は緊張している。

まるで何かを競い、牽制し合っているかのようだ。

竹雪はアシフとサファドを交互に見て、ここは自分の出る幕ではなさそうだと思った。おとなしく黙ったままでいる方がいいだろう。とにもかくにも竹雪には、二人が何を間にしてそんなに緊迫した雰囲気を作っているのか、見当もつかないのだ。そんな場合、よけいな口を挟むとろくなことはないと知っている。

そのとき、滑るように走っていたリムジンが停まった。

「陛下、到着いたしました」

ルカイアの無感情に近い声がその場の空気を変え、竹雪はほっとした。

外から開かれたドアを潜って外に出る。

車寄せのある広大な前庭と、目も眩《くら》むような白さが際立つ王宮は圧巻だった。

ずらりと両脇に整列して出迎える宮廷勤務の職員たちの間を通り、ホールの奥へと足を進める。

あまりにも世界が違いすぎていて、竹雪はどんな顔、どんな態度でいればいいのかも迷うようになってきた。

早くアシフと二人だけになりたくてたまらない。

そんな竹雪の気持ちを、アシフはちゃんと察してくれていたようだ。

「サファド、すまないが我々をしばらく部屋で休ませてもらえるか」

「おお、もちろんだとも」

言われるまでもなくそのつもりだったと、サファドは先に気を利《き》かせ損ねたことを詫び、自らアシフと竹雪を用意されていた部屋まで案内した。

「念のためコネクトルームを準備しておいた。部屋同士中から往き来できた方が何かと都合がいいだろうと思ったのでな」

「わざわざ配慮してもらってすまなかった。ありがとう」

「なに。そのうち俺もおまえのところに邪魔するかもしれないから、そのとき同じようにしてくれたら助かる」

「ルカイアと……か？」

「アシフ」

サファドは苦々しく薄笑いを浮かべ、窘《たしな》めるようにアシフを軽く睨む。

「それ以上口にするのは野暮だぞ。感心しないな」

「あいにく俺はきみのように恋愛の機微に長《た》けていないもので」

「嫌なヤツだ、相変わらず」

端で聞いているだけでもヒヤヒヤするような遣り取りを、どちらもいたって涼しげな表情でしゃあしゃあと交わす。仲がいいのか悪いのか、竹雪は本気でだんだん判断できなくなってきた。

「ではまた夕食の時に会おう。今夜は疲れているだろうから俺たちだけで簡単にして、華やいだ席を持つのは明日にでもしようじゃないか」

「そうだな。その方がありがたい」

アシフが頷くのを見届けて、サファドは部屋から引き揚げる。「それじゃあごゆっくり」と、いかにも意味ありげな言葉を残していくのを忘れなかった。

二人になると、どちらからともなく顔を見合わせ、互いにフッと笑いかけた。

一緒に部屋の中を見て回る。

それぞれの室内は、伝統的なアラビア風の装飾がふんだんに使われており、豪華な雰囲気だった。ベッドはどちらもキングサイズで、エメラルドグリーンの地にイエローでアラビック模様が染められた、キルティングのカバーが掛けられている。この二つの部屋では、グリーンとイエローもしくはオレンジの組み合わせが、至る所にアクセントとして使用されていた。窓の形も変わっていて、上部が建物の屋根の輪郭《りんかく》を模して抜き型で切り取ったような、竹雪にはとても珍しいデザインだ。

「竹雪、来てみろ」

バルコニーに出ていたアシフが竹雪を呼ぶ。

竹雪はあちこちにあるテーブルや机の上に飾られた生け花を見ていたのだが、アシフが来いと言うので素直に従った。

「何？」

奇抜な面白みのある形に刳《く》り貫《ぬ》かれた壁から身を乗り出して外を見る。

「あ、砂丘だ」

この部屋のバルコニーからは、郊外に広がっている白い砂の砂漠が望めるようになっていた。いわゆるホテルで言うところのデザート・ビューだ。

竹雪はアシフの真横に行くと、真鍮の手すりに寄りかかり、彼方《かなた》の景色にしげしげとした視線を注ぐ。

それはただの砂丘の景色ではなかった。

西に傾き始めた濃いオレンジ色の――赤に近い、ピンクグレープフルーツの果実のような色をした、沈んでいく太陽の放つ光に染められた薔薇色《ばらいろ》の砂丘なのである。

「……僕、前にもこれと似た光景を見たことがある」

呟くような声で竹雪がぼそりと言うと、アシフは「ああ。もちろんそうだろう」と答えて、竹雪の肩に腕を回して抱いてくる。

竹雪もアシフの胴に腕を巻きつかせ、自分からもぐっと身を寄せた。

「カッシナで見た薔薇色の砂漠も、今見ているこの風景に劣らず綺麗だったよ、アシフ」

「そうか。それはよかった」

アシフの声は普段よりも一段階低く、渋さの中に愛情深さがまざまざと感じ取れた。

体と体を隙間がないほどくっつけ合い、街の果てから地平線まで広がる幻想的でドラマティックな色合いの一大パノラマを目にしていると、異世界に紛れ込んでしまったような心地になってくる。

竹雪が生まれ育ち、この歳になるまで唯一無二にも近い感覚で付き合ってきた、遥か彼方の小さな島国の景色とはまるで違う。

もうしばらくすれば、竹雪にとっての日常の光景は、鉄とアスファルトでできた都会のビル群の谷間に落ちる黄色い太陽ではなく、遮《さえぎ》るものなどほぼ何もない、砂漠の果てに沈んでいくこの太陽を含む景色になるのだろうか。

なんだか急に心細くなってきた。

夕陽が郷愁《きょうしゅう》を誘うのかもしれない。

そのとき、肩に置かれたアシフの手にぐっと力が込められてきた。

「きっと俺がおまえを幸せにする」

熱の籠もった、真摯《しんし》な声で誓われる。

もうこれで何度目だろう。

竹雪は嬉しさに目頭が熱くなり、鼻の奥にツンとした刺激が生じた。

「ご両親に約束した通り、絶対に幸せにするから、ついてきてくれ。俺にはおまえが必要だ。放したくない」

「ばか、ばか！　そんなこともうとっくにわかっているよ！」

率直な求愛のセリフに頬が火照る。

ごまかすためにわざと竹雪は唇を尖らせ、ばか、と繰り返した。

薔薇色の夕陽は都合よく竹雪の頬にも当たっているだろうか。

「おまえは相変わらず口が悪い。この跳ねっ返りめ！」

「あ、あっ……！」

突然顎を捉えられ、唇を押しつけるようにキスされる。

まるで予期していなかったため、竹雪はびっくりしてヒュッと喉を鳴らして目を瞠る。

アシフのキスはすぐに本格的で情熱を帯びた行為になってきた。

王宮の一画にあるバルコニーで、恋人同士にしかあり得ないような濃厚なキスを続け、強く抱き合った。

竹雪はキスの激しさとアシフの大胆さに頭がくらくらした。

「誰に見られたところで構わない」

何度目かに唇を離したとき、「ま、まずくない…？」と身動いだ竹雪を押し止め、アシフは切って捨てるような潔さで竹雪の憂慮や迷いを払いのけた。

「俺に任せてついてこい。俺も時と場合によってはおまえに全てを委ねてついていく」

アシフの言葉に、嘘や口先ばかりの虚しさはいっさい感じられない。

「うん……、アシフ」

深く淫靡なキスに陶然とした心地になったまま竹雪は頷いた。

アシフを放したくない、放せないという気持ちは、竹雪にとっても真実だ。

「だから僕はアシフと日本に行ったんだ」

「後悔などしてないな？」

「してない」

竹雪はきっぱり断言する。

「ありがとう、竹雪」

いったん少し緩めていた腕の力を、アシフは再び強くした。

胸が苦しくなるくらい激しく抱き竦められる。

アシフの胸も竹雪同様大きく弾んでいた。鼓動が高い。感じてドキドキしてくる。

空と地を染める光は、徐々に明度を落とし、薔薇色から紫色へと刻一刻移っていく。

その中で竹雪はアシフに求められるまま、誓いにも似たキスを繰り返す。

アシフに、どれだけ竹雪がアシフを必要としているのか伝わればいいと願う。

甘ったれの自覚のある竹雪が、慣れ親しんだ日本を出て、両親の下を離れる決意がついたのは、すべてアシフが好きだから、恋しくて一時でも離れているのが嫌だからだ。

「僕も精一杯アシフを大切にするからね」

「それは頼もしいな。ぜひそうしてくれ」

竹雪の言葉にアシフが冷やかしと期待を籠めた返事をする。

言ってしまった後から、今度はじわじわと気恥ずかしさが湧いてきた。確固たる自信もないのに、ついその場の雰囲気に流されて大きな口を叩いてしまった。果たしてちゃんと責任が取れるのかどうか心許ない。だが、少なくとも、気持ちは真実だ。たぶんアシフもわかってくれているだろう。

「……そろそろ、部屋の中に戻らなきゃ」

「おまえは照れ隠しがヘタだな、竹雪」

「ち、違うよ。そうじゃなくて！」

何が違って何がそうでないのか竹雪自身にも曖昧なまま、竹雪はアシフに抗議だけした。

アシフがくくっと笑う。

笑われると、逆に竹雪も肝が据わった。

「ねぇ」

「ああ」

たったそれだけで互いに意思の疎通があったことが感じ取れた。

竹雪はアシフに腰を抱かれたまま室内に引き返すと、共に迷いのない足取りでベッドに向かい、縺れ込むようにしてシーツの上に倒れ込んだ。


たぶん今頃、アシフは竹雪をベッドに押し倒し、情熱の赴《おもむ》くままに振る舞っているだろう――。

サファドは自室の居間で、自らが仕留めた虎《とら》の毛皮で作らせたラグの上に寝そべり、今後のことについて頭を巡らせていた。

「おまえはどうするのが最も愉しく溜飲を下げられると思う?」

「私には特に意見はございません」

ルカイアの返事はすぐ真上から聞こえる。

それも不思議なことで、サファドは忠実な美貌の側近の膝を借り、頭を預けて寝転がっているのだ。

「とりつく島もないな、ルカイア」

サファドはルカイアの顔を見るために天井に向けて顎を反らせ、視線を上向けた。

逆さに目に入ったルカイアの表情は、お世辞にも機嫌がよいとは言えない。むしろ、めったになく不愉快で苛立ちを覚えているように受け取れた。

「俺はただアシフに一泡吹かせてやりたいだけだ」

「そのために、竹雪さんを抱くのですか？」

ルカイアはずばりと核心を突いてくる。

サファドはぐっと喉を詰まらせた。

確かにそれが一番効果的で手っ取り早い方法だろうと考え、半ば以上そうすることを決意した上で、竹雪をアシフと一緒に招待していた。

聡いルカイアは、とうにサファドの思惑を察していたらしい。サファドの気質を知り尽くした男だから、当然と言えば当然だ。

「念のために申し上げておきますが、アラーの神は同性愛を禁じておいでです、陛下」

「は！　おまえが今さらそれを言うか！」

サファドは呆れて鼻を鳴らし、頭上にある取り澄ました白い顔を睨みつけた。

「申し訳ありません」

本気でそうは思っていないのが明らかな声音でルカイアが形ばかりに謝罪する。

憎らしい男だ、とサファドは苦笑した。専制君主国の王たる自分にこうも怖《お》じけずはっきりと意思表示をする側近は珍しい。しかし、サファドはルカイアのそんな気の強さ、プライドの高さをむしろ気に入っていた。だからそのときそのときはムッとしても、ルカイアを傍に置くのをやめるつもりは毛頭ない。

いっそこれがルカイアの嫉妬なら、なんとも可愛いものだとサファドは思う。

ルカイアとは深い付き合いだが、いまだに心のすべてを明らかにせず、冷静な顔の下にどのような表情を隠し持っているのか、サファドには測りかねた。

「竹雪を奪ってやる計画、おまえにも協力してもらわねばなるまいな」

「もう、お心をお決めだったのですか」

ルカイアは溜息をつく。

「おまえは嫌か?」

もし今ここでルカイアが嫌だと言えば、たぶんサファドはこの計画を諦めただろう。

しかしルカイアの返事は「いいえ」だった。

無理をしているのかどうかはわからない。ただ、引き続き機嫌は悪いままのようだ。

「嫌でないならいつもの通り力を貸せ」

サファドはいささか傲慢に命令した。

「……畏まりました」

ルカイアが低い声で答える。

サファドの胸をざわついたものが過《よ》ぎる。

嫌な予感がしたが、すでに采《さい》は投げられた。

一度すると口にしたからにはもう翻《ひるがえ》せない。

「事は慎重に運ばねばならない。アシフは一筋縄ではいかぬ男だ。状況を見定め、ここぞというチャンスを逃さぬようにするのが肝要だ」

やるなら早いに越したことはないが、焦りは禁物だった。

「そうだな、まずは二人をちょっと仲違《なかたが》いさせてみると面白いかもしれないな」

サファドはアシフの苦渋に満ちた顔を想像し、ニヤリとほくそ笑む。

要は竹雪の心の隙に付け込むことだ。

竹雪を奪って我がものにすること自体にも興味はある。

「彼らも今しばらくは平穏に、せいぜい仲睦《なかむつ》まじく過ごせばいいだろう。なぁ、ルカイア？」

サファドの悪趣味な発言に、ルカイアは何も答えず唇をきつく引き締めただけだった。


夜の闇が辺りをすっぽり覆う頃、アシフと竹雪は晩餐《ばんさん》のテーブルに招かれた。国の公式行事で使われる大広間ではなく、サファドが普段プライベートに使用しているダイニングで、メニューは伝統的なアラブ料理を中心に、中華風、カリフォルニア風、日本風など、様々な国の特徴を生かした多国籍料理だ。サファドの歓待ぶりが表れていると竹雪は感じた。

テーブルに着いたのはサファドとアシフ、そして竹雪の三人だけで、ルカイアは姿を見せなかった。どうやらサファドが給仕をする職員以外の人間はすべて遠ざけたようだ。護衛官たちは、天井まで届きそうな高さがある大きな両開き扉の外で目を光らせている。

アシフはサファドに敬意を表して、カッシナの宮殿にいるとき同様に民族衣装で正装していた。竹雪はブラックフォーマルだ。蝶ネクタイを締めた首が少々窮屈だった。この先アシフと一緒にいる限り、こういった服装に身を包む機会はままあるだろう。慣れるしかない。

「それではあらためて乾杯」

サファドのかけ声で三人は杯を掲げ合った。アシフとサファドは国産の酒だが、アルコールに耐性のない竹雪は石榴《ざくろ》のジュースだ。カッシナと同様バヤディカでも、飲酒は奨励こそされていないものの厳格に禁じられてもいないらしい。諸外国から観光目的に入国する人々を歓迎する風潮のある国は、イスラム教国家であっても鷹揚なところがあるようだ。

「明日の晩は叔父のツルフ宰相《さいしょう》がぜひ一緒に、と申していた」

「ああ、そういえばすっかり聞くのを忘れていた。ツルフ殿はお元気か？」

「元気も元気、きみの従姉《いとこ》殿との間に先々月四人目の子供が生まれたばかりだ」

「それは初耳だ。ではぜひ祝いの言葉を述べさせていただかねばならないな」

アシフはそう言って、竹雪と顔を合わせた。

「竹雪、まだ言ってなかったが、俺の従姉がサファド陛下の叔父に当たるツルフ宰相に嫁いでいる。一回りほどの歳の差があるが仲のよい夫婦だ」

竹雪はふうんと相槌《あいづち》を打った。

アシフの従姉という女性に興味を惹かれる反面、先ほどまではサファドの話にほとんど反応を示さなかったアシフが、従姉の話を持ち出されるや声を弾ませたことが引っかかり、なんとなく複雑な気分だ。

どうやらアシフはその従姉と仲がいいらしい。

だからといって、今では他人の妻になっている女性に持つべきではない感情を僅かでも持っているとは思わないのだが、アシフが嬉しげに目を光らせただけでも竹雪は胸にもやもやとしたものが広がる。

これはわがままだろうか……。

……もしかして、ヤキモチなのだろうか。

竹雪は心の中で考え、さらにどんより気分を曇らせた。

さっきまであんなに熱く抱き合っていたのに、些細なことで竹雪の心は動揺する。竹雪にまだ自分自身に対する絶対的な自信がないからだ。いつアシフが気を変えて、他の誰か、もっと素晴らしく魅力的な人により関心を寄せないとも限らない不安を、胸のごくごく片隅で感じている。いかに強気な発言をしようとも、アシフを試すようにわがままを言おうとも、それが払拭《ふっしょく》されることはなかった。どんなに繰り返しアシフから「愛している」と囁かれてもだ。

ばかばかしい。

沈み込みかけた気持ちを無理に浮上させた。

むしろ、元々あまり気乗りしている様子ではなかったアシフが、ひとつでもバヤディカに来てよかったと思えることを見出せて、喜ぶべきだろう。

竹雪が気を取り直したとき、アシフとサファドはすでに他のことに話題を移していた。

「いや、俺には特に必要だとは感じられないな」

きっぱりと言ってのけたアシフに、サファドは「ほう?」と太い眉を跳ね上げる。本音か、とアシフを揶揄《やゆ》する顔つきだった。

「なくしたのは祖父だが、父もあえてハーレムの存在に固執しはしなかった」

「だが、現カッシナ国王ムハンマド三世には、妃《きさき》の他に数名の寵姫《ちょうき》がいるだろう? ハーレムをなくしても、結局同じことではないのか?」

「まぁ……システムとしての後宮を否定して、女性の解放と地位向上を促進するひとつのきっかけにした、というところだと俺は理解している」

どうやらハーレムについての意見交換をしているようだ。

アラビアンナイトを思い描かせる未知の世界に興味はあったが、二人の話に気安く入っていけず、竹雪は静観しているほかなかった。手持ち無沙汰は食事を進めることで解消する。ときどきアシフが気がかりそうに竹雪に視線を伸ばしてきたが、竹雪は平気な振りをした。たまには旧知の仲の者同士、じっくり語り合いたいこともあるだろうと、珍しく大人の判断をしたのだ。——というより、自分も大人であることをアシフに知らしめておきたくて意地を張ったという方が正しいかもしれない。

「おまえも早いところきちんと身を固めた方がいいんじゃないか」

「きみがそれを言うとは驚きだな」

アシフは心外だとばかりに顔を顰めた。

「お妃を迎えていないという意味では、きみも俺も立場は一緒だと思うが」

「しかし、俺には世継ぎを与えてくれる女性は何人もいる」

「せっかく気にかけてもらっておいてなんだが、俺は結婚に対しても後継者に対しても既に自分なりの考えを持っている」

「おいおい、よけいなお節介だとでも言うわけか？」

「というよりも、きみはまず自分のことをきちんとするべきだろうと言いたいだけだ」

「きちんとねぇ……」

サファドはアシフの発言に特に気持ちを動かされたわけでもなさそうに、漫然と呟く。

端で聞いていた竹雪は、この二人は本当にいろいろな点で張り合っているのだなとおかしくなった。それと同時に、アシフの結婚に対する自らの揺るぎのない決意をあらためて聞いて、ホッとする。

三人だけの晩餐は竹雪にとって気楽でありがたく、時間はあっという間に過ぎていった。こういった雰囲気にまるで免疫《めんえき》のない竹雪も、知らない人が誰も同席しないため、気後《きおく》れを感じず肩の力を抜いていられる。そもそも竹雪は堅苦しいのが苦手だ。アシフは元より、アシフの父であるムハンマド三世もしごく気さくな性格で、お茶の席に招かれたり、歓談する機会があったりしても、ほとんど緊張せずにすんでいた。

晩餐の後、サファドはアシフと竹雪を「もう少しいいだろう。付き合ってくれ」と引き留め、国王一家が家族で寛ぐための居間に案内した。

広すぎず狭すぎずという団欒《だんらん》にお誂《あつら》え向《む》きの部屋は居心地がよく、物怖じしない竹雪は早速楽にしてソファに腰かけた。

「きみは可愛いね、竹雪」

サイドボードから、クリスタルの瓶に入ったブランデーと思しき褐色の酒と、脚つきのグラスを三脚取り出し、器用に全部一度に持ってきたサファドが、竹雪の顔を覗き込むようにして冗談とも本気とも知れぬ口調で言う。

どういう意味でそんなふうに言われるのかわからなかった竹雪は、首を傾《かし》げて返事に困る。さっき手洗いに行くと断って席を外したアシフはまだ戻っていなかった。部屋にいるのは竹雪とサファドだけだ。

「きみを見ていると、なんだか年の離れた弟ができたような気がする」

「そ、そうですか……?」

「ああ。実際はそれほど離れているわけでもないようだがね」

サファドは含み笑いをしたまま大きく頷くと、竹雪のいるソファとコーナーチェストを挟んで直角に置かれたもうひとつのソファの端に腰を下ろす。座る椅子は違っても、距離的には非常に近い位置だ。

「どうかな、せっかくの夜だ、少しだけ付き合ってもらえると嬉しいんだが?」

「お酒、ですか?」

竹雪は、手にした酒瓶を軽く掲げてみせるサファドに、どう返事をするか迷った。

「僕、本当にあまり飲めないんですけど」

「香りを愉しみながら少しずつ舐めていればいい。気分だけでも味わえる」

押しの強い口調で勧められると、竹雪も断りづらくなってくる。何しろ国王自らのもてなしなのだ。あまり固辞するのも悪い気がしてきた。

「それじゃあ本当にちょっとだけ」

躊躇いを払いのけ、竹雪は答えた。

サファドが満足げに頷く。

舐めるだけという話だったはずだが、サファドは三つのグラスに同じだけの量を注いだ。あ、と思ったものの、「どうぞ」と差し出されたグラスに竹雪はそのまま指を伸ばした。いちいち文句を言うのは失礼だと思ったからだ。それより自分で調節して飲めばいい。

「アシフはまだ戻ってこないようだ。先にやっていよう」

「は、はぁ」

二人きりだとさすがに緊張してきた。話すことも特に思いつけない。早くアシフに来て欲しかった。

カチリ、とグラスを触れ合わせ、サファドは、

「きみたちの訪れに」

と言った。そして勢いよく顎を反らせてグラスの中身を口にする。

褐色の肌がいかにも雄々しく感じられるサファドの尖った喉仏が大きく上下する様に、竹雪は視線を釘付けにされた。

「どうした？」

竹雪の視線に気づいたのか、サファドがからかうように竹雪の顔を覗き込む。ライオンかヒョウを間近にしているようだ。気高くて猛々しいところが似ている。

「もしかして俺のこともまんざらではないと思ってくれたかな？」

「え、あ、……あの」

竹雪は返事に詰まった。否定するのも肯定するのも問題がありそうだ。仕方なく、ごまかすように、手にしたままだったグラスを口に運び、傾ける。

そこに、アシフの鋭い声が飛んできた。

「何をしている、竹雪」

「あ、アシフ！」

やっと戻ってきてくれた、と安堵して弾んだ声を上げた竹雪に対し、たった今居間に入ってきたばかりのアシフは、苦虫を噛み潰したような機嫌の悪い顔をしている。竹雪を鋭い目つきで睨んだまま、裾の長い衣装を纏っているのに頓着《とんちゃく》せず大股に歩み寄ってくる。声も咎めるように恐かった。

ホッとしたのも束の間、竹雪はヒヤリとした。

アシフのこんな不快そうな顔に出会《でくわ》したのは初めてかもしれない。

「こいつには飲ませないでくれ、サファド」

言うなり、アシフは竹雪の手から乱暴にグラスを奪い取った。

「あっ！」

いきなりのことに竹雪は驚いて短い声を上げる。

「何するんだよっ」

思わず抗議の声が出てしまったのは、いつにないアシフの手荒さと、竹雪の意思を無視したことをサファドに勝手に言ったことに対するむかつきからだった。アシフから子供扱いされるのは今に始まったことではないのだが、それにしてもこれには腹が立った。竹雪にも見栄《みえ》はあるのだ。アルコールが苦手なのは確かでも、付き合い程度にグラスを持っているくらいのことはできる。そこまでアシフに信用されていないのかと感じると、竹雪は悔しくて仕方なくなった。少しくらい飲んだところで大丈夫だという自負もあったのだ。考えていると後から後から勝ち気な性格が頭を擡《もた》げてくる。

しかし、唇を尖らせた竹雪に構わず、アシフは冷淡に返した。

「飲めもしないくせに」

「いいじゃないか、少しくらい！　なんで勝手に決めつけるんだよ！」

ばかにされた、と思うと、竹雪はますますムキになり、頭に血を上らせた。今の今まであんなにアシフの帰りを待ちわびていて、心細い思いをしていたことなど綺麗さっぱり頭の中から抜け落ちる。

「お酒のことで僕がアシフに迷惑かけたこと、今までに一度でもあった？」

「誰もそんなことは言っていない」

アシフはすでに冷静さを取り戻していた。突き放すように竹雪をあしらい、子供のわがままには付き合っていられないとばかりに、竹雪からサファドへ向き直る。

先ほどからサファドは、我関せずといった態度でソファに悠然と座ったままだった。竹雪とアシフが言い争うことになった原因は、竹雪がほとんど飲めないと承知していながら酒を勧めたサファドにもあるはずだったが、サファドはむしろ痴話喧嘩《ちわげんか》を面白がっているようだ。ここは自分の出る幕ではないと思ったのかもしれない。

それでも、アシフにひと睨みされた途端、サファドは殊勝な声で謝った。

「俺が悪かったよ、アシフ」

サファドは目の前に立ったままのアシフを見上げ、いかにもたいしたことではなかったのだというように肩を竦めてみせる。

「そんなに深刻になるほどのことだとは思わなかったんだ。おまえが竹雪を大事にしているのはよくわかるが、何も敵陣にいるわけじゃない。せっかくの夜なのだから無礼講に愉しみたいと考えただけだ。――それとも、俺のことが信用できない…か？」

最後のひと言を口にするとき、サファドの瞳は鋭く光った。

アシフもさすがに面と向かって聞かれると返事に窮するようだ。バツの悪そうな顔になる。

「いや。単に俺が過敏になっているだけだろう」

いちおうそんなふうに返事をする。

しかし、それがアシフの本意でなかったことは、それから一時間ほど世間話に興じた後サファドと別れて二人きりになった途端、また竹雪に対して頑なになったことから明らかになった。

アシフは別れ際にサファドと早口に交わしたアラビア語の会話で、ちらりと竹雪を見て気むずかしげな顔をして以降、ずっと竹雪とは視線すらも合わせようとしない。

「ねぇ、アシフ！」

竹雪を待とうともせず、いつもより足早に、歩幅も大きくしたまま歩いていくアシフに、竹雪は困惑して追い縋ろうと努力した。

呼んでもアシフは足を緩めない。どんどんひとりで回廊を進んでいく。

竹雪にとっては広く複雑に入り組んでいるように思える王宮内も、アシフにはよく馴染んだ場所と同じに映るらしい。

「アシフ、待って」

次第に息が上がってきたが、なんとかアシフの袖を摑めるくらいにまで追いつき、竹雪は勢いよくアシフの前に出て、行く手を阻《はば》んだ。

「聞こえないの？」

ところどころに松明《たいまつ》が灯《とも》されただけの薄暗い回廊で、竹雪とアシフは喧嘩でもしているように睨み合った。

昼間は優雅で美麗な姿を見せていた庭園も、夜半を過ぎると闇に沈み、しんと静まりかえっている。あえて松明だけで明かりの演出がなされた中庭を巡る回廊は、独特の幻想的な雰囲気を醸《かも》し出《だ》していた。

見渡す限り他に人の気配はない。

そんな中、竹雪からすれば些末なことを根に持って、いつまでも機嫌を損ねているアシフの硬い表情は、竹雪の気持ちまで険しくさせた。

「なぜ無視するんだよ」

何をそんなに怒っているのか竹雪には理解できない。

「アシフのいない間に僕がサファド陛下と仲良くしたのがそんなに気に障った？」

単に酒のことだけを不快に感じたわけではないだろうと思い、竹雪は心にもないことを聞いてみた。アシフの表情がまるで動かないことに激しい苛立ちを覚え、なんでもいいから喋って反応して欲しかったこともある。

「……べつに」

サファドの名を出すと、無表情だったアシフがピクリと頬の肉を引きつらせた。

アシフは冷ややかに否定すると、目の前に立ちふさがる竹雪の肩を摑み、静かに横に押しのけた。

「べつにって態度じゃないよ、それ！」

また無視するつもりなのかと頭にきて、竹雪は声を張り上げた。

「うるさい」

少し前に進んでいたアシフが再び足を止め、振り返って竹雪を見る。

「姿は見えないがあちこちに護衛官がいるんだぞ。少しはおとなしく俺の言うことを聞いてくれないか」

そしてアシフは、来い、と手ぶりで竹雪を傍に呼び寄せた。

竹雪は納得しきれていないながら、口を噤んでアシフに近づく。

「このやんちゃ者が」

にこりともせずにアシフが言う。

「や、やんちゃ者って……！　いったいなんでそんなに怒るの？」

半ば自棄《やけ》を起こして意地になり、竹雪は問いを重ねた。アシフの気持ちがわからない。

アシフはジロッと竹雪を一瞥《いちべつ》すると、「怒ってはいない」と答えた。

「嘘つき」

信じられなくて、さらに反抗的な口調で言い返す。

「何が嘘つきだ。俺はただおまえの無邪気さに呆れているだけだ」

「それどういう意味？」

竹雪は本気でピンとこなくて聞いたのだが、アシフは無視して答えない。わざわざ自分が教えなくても気づいて当然と言わんばかりだ。

いったいどこが気に障るんだろう……。竹雪はこれまでにしてきた言動を振り返ってみたが、やはりよくわからなかった。ただ、もうアルコールだけはどんなに勧められても断ろうと決意した。負けを認めるようで悔しかったので、アシフには告げず、心の中でだけではあったが。

それから先、アシフは竹雪が何を聞いても口を開こうとせず、ほとんど会話もないまま部屋に着いた。

「今夜はゆっくり休め」

アシフは竹雪を一方の部屋のベッドへ連れていくと、幾分声を柔らかくして言う。

「……一緒に寝ようよ」

せっかくアシフが少しでも機嫌を直したようだったので、竹雪は甘えてねだってみた。

アシフはフッと苦笑する。

「わがままだな、相変わらず」

だが、アシフにはまだこれから用事があるらしく、竹雪の望みを叶えてはくれなかった。

「あいにくだが、俺はサファドともう少し話をしてくる。おまえを寝かせつけたら戻ると、さっき別れ際に約束したんだ」

「あのアラビア語の会話？」

アシフは頷く。

「サファドはまだ俺と話がしたいらしい。俺も彼に言っておくことがある」

アシフの口調は揺るぎなくきっぱりしていた。気を変えることはなさそうだ。

竹雪はがっかりした。

もう少しアシフに構ってもらえるかと期待していたため、アシフがサファドとの交流を優先させるのが不本意だ。理性では、二人は何年ぶりかで会った旧友同士なのだからわがままを言っては悪いとわかっているが、感情を納得させられずにいた。

「目を閉じろ。疲れているはずだ。すぐ眠れる」

それでもアシフはさっきまでとは違い、ずいぶん機嫌よくなっているようだった。

竹雪の肩を抱き寄せ、頬にキスをする。

優しいキスに竹雪は不満をぶつける機会を失した。

「わかったよ。おやすみ、アシフ」

「いい夢を見ろ」

もう一度アシフにキスされ、竹雪は嘆息しながら頷いた。

部屋を出ていくアシフを見送り、喉を締めつけていた窮屈なホワイトタイを外し、礼服を脱ぎ捨てる。

一人で潜り込んだシーツは冷たく、広すぎるベッドはあまりにもよそよそしい。

バヤディカに招かれた当初のわくわくした気分もどこへやら、竹雪は寂しさと、こんなはずではなかったという失望感を味わいながら、悶々《もんもん》として眠れぬ夜を過ごすはめになった。

竹雪を部屋に送り届けたアシフが居間に戻ってきたのは、先ほど竹雪に就寝の挨拶をして別れてから半時も経たぬうちだ。

なるほどこれはどうやら本気らしい。一刻も早くサファドに一言苦言を述べようと、長い廊下を急ぎ引き返してきたふうだ。

サファドはアシフの気持ちの真剣さを言動の端々に感じ取り、揶揄と羨望《せんぼう》を湧き上がらせた。自分にはそんな相手はいないという悔しさと、いたとしてもアシフのように損得勘定抜きに純粋な気持ちだけで行動することはできないという諦めも感じる。

生き方の違いには、それこそ知り合って間もない頃から気づいていたが、アシフより一足も二足も先に王座についてから、特に顕著になったようだ。

自由に生きるアシフの柔軟さと剛毅さ、そして周囲を納得させてしまう魅力が羨ましい。

サファドにはたぶんできないと思うからこそ、アシフが憎くて、そのくせ惹かれるのを止められない。

アシフの大事なものを奪い取り、少しくらいままならない気持ちを味わわせてやろう、などと底意地の悪いことを思いついたのも、そのくらいしかアシフの鼻をあかしてやれそうなことが見つからないからだ。我ながらみっともない真似をしている気もするが、このまま幸せいっぱいのアシフをただ見ているのは、サファドの歪んだ矜持《きょうじ》が許さなかった。

「あいつによけいなことをするのはやめてくれ」

戻るなりアシフは断固とした調子で言い放った。

「……まぁ、座れよ」

サファドは右手に持ったグラスを目の高さに掲げ、苛立ってせっかちになっているアシフを、わざとのんびり促す。

いったんひとりになっていたサファドは、ソファを下りてお気に入りの虎の毛皮で作らせたラグに寝そべっていた。椅子に座るよりもこの方が寛げて好きなのだ。

アシフは諦めたような溜息をつき、アシフの傍らに胡座《あぐら》をかいて座る。

「おまえも飲めよ」

「いや、今夜はもうやめておこう」

「ずいぶん慎重だな。それとも、やはり俺に腹を立てているわけか？　誓って言うが、さっき竹雪には指一本触れてないぜ」

「当然だ。今後も是非そうあって欲しいね」

アシフははっきりと牽制を込めた目でサファドを見据えた。

青い、吸い込まれそうな心地になる色の瞳だ。

昔からサファドはこの目で見つめられると、何も疚《やま》しいことなどないにもかかわらず、妙に据わりの悪い気分になった。アシフは決して正義漢やモラリストではない。むしろ法や戒律ですらも、自らの価値観に照らし合わせ、柔軟に従ったり従わなかったりするほど捌《さば》けた考えの持ち主だ。だが、寄せられた信頼は決して裏切らない。誠実で、どんな人間にも一目置いて接することができる。サファドもアシフの徳の高さは認めないわけにはいかなかった。そして、自分自身と比較して、いつも負けた心地になる。

「あの坊やのどこがそれほど気に入ったんだ？」

気を取り直し、サファドは純粋な疑問をアシフにぶつけた。

再会したときから感じていたことだ。

確かに竹雪は綺麗で上品な青年だ。黙って立っていればどこの御曹司《おんぞうし》だろうという雰囲気がある。しかし実際はおとなしやかではなく、好奇心旺盛で、ぽんぽんと遠慮会釈のない口を利き、物怖じしない。少々生意気だが憎めず、素直なところはとことん素直なので、可愛いやつ、と目尻を下げるのもわからなくはない。

サファドが意外だったのは、恋愛にはまったく関心がなさそうだったアシフの、この変わりようだ。きっとこいつは親の言うまま政略結婚をするのだろう、義務として女を抱くのが関の山だろう、などと勝手な想像をしていただけに、アシフが恋人連れでバージュの競馬場に来ていたと知ったときには驚いた。ただの知人などではない、もっと親密な関係の人間だ、ということは、竹雪を一目見た瞬間に察したが、ルカイアに聞かされるまで、本当に恋人なのだとは信じ難かったのである。

「さぁ。感情表現が豊かなところなどだろう」

アシフはうっすらした笑みを口元に刷《は》いた。

竹雪のことを考えるだけで自然と表情が緩むらしい。この期に及んでは二人がどんな関係なのかを隠す気もないようだ。堂々としていて頼もしく、愛情の深さが窺える。

サファドは心の底から羨ましくなった。

ハーレムには大勢の女性がいて、皆サファドに忠誠と愛を注いでくれる。ルカイアとの秘密の関係も悪くない。だが、取り巻きの数でこそアシフに勝っていても、サファドは自分の人生が虚しく、薄っぺらに感じられてきた。アシフと再会し、竹雪の存在を知ってからのことだ。

「きみはなぜ今回我々をバヤディカに招待する気になったんだ？」

「なぜ？　懐《なつ》かしかったからさ。きみとの親交を深めたかったからに決まっているだろう」

青い瞳にひたと見据えられ、一瞬ギクリとしたものの、サファドは素知らぬ顔をして当たり障りのない返事をした。くれぐれも邪心のあることを窺わせてはならない。竹雪のことには触れないように気をつけた。

アシフも自分から竹雪を話題にするつもりはないようで、サファドのとってつけたような答えに、つっと眉を寄せつつも、無闇に突っ込んではこない。

これ幸いとサファドは話を変えた。

「昼間もちらりと話したが、明日の晩は宴《うたげ》を開こうと思っている。もちろん非公式だ。招待客は内々の人間だけにする。叔父がおまえに会いたがっていたと言っておいただろう。叔父の妻となったおまえの従姉殿と子供たちも同席させるから、積もる話をするといい。ハーレムの女たちも息抜きに参加させる。王家お抱えの楽師やダンサーたちにはショーを披露させるつもりだ。華やかに騒ごうじゃないか。選りすぐりの美女たちを侍《はべ》らせよう」

竹雪もきっと珍しがって喜ぶ。サファドは暗にそう匂わせた。アシフもすぐに竹雪のことを考えたらしく、まぁいいか、と納得した表情になる。滞在中一度は宴席を設《もう》けられるだろうと予測していたこともあるようだ。

「ありがたく招待をお受けしよう」

「快く受けてくれて嬉しいね、アシフ」

「きみと俺は今後もいろいろな面で協力し合っていかねばならない関係だ。胸襟《きょうきん》を開いた付き合いも大切だろう」

アシフが真面目に返す。

信じているから裏切るな。

アシフの青い目は明らかにそう言っていた。

サファドはアシフが本気で怒ったところをまだ見たことがなかった。怒らせるといささか恐ろしいことになりそうな予感もするが、それと同じくらい、しょせんは何事にもたいして執着を持たない、さばさばした気質の男のはずだと楽天的に考えてもいた。

せっかく二人を自分のテリトリーに囲い込んだのだ。

このまま何もせず、おとなしく親交を深め合うばかりでは、サファドの悪戯心が満たされない。

ほんの冗談――まさにサファドはそのつもりだった。

本気で竹雪を欲しいと望んでいるわけではないのだから、そこさえはっきりさせれば、アシフも最終的には笑ってすませるだろうと高を括っていたのである。

「きみの可愛い恋人にも、ぜひ明日のもてなしを気に入ってもらえるといいのだが」

思惑を押し隠し、サファドはしゃあしゃあとして言った。

「ああ」

アシフは心ここにあらずという面持ちで、いかにもおざなりな返事をする。

どうやら部屋に置いてきた竹雪が気になっているらしい。

ちょっと目を離すと何をしでかすかわからない王子様のやんちゃぶりに、始終ヒヤヒヤさせられている側近のようだ。

サファドはおかしくなって、失笑を禁じ得なかった。

この仏頂面《ぶっちょうづら》の下でアシフがどれだけ気を揉んでいるのかを想像するだけで、笑えてくる。

「そう言えば、きみの忠実な側近はどうした？」

不意にアシフに聞かれる。

ちょうどアシフのことを側近に喩《たと》えて考えた矢先だったため、サファドは不意を衝かれ、心中ギョッとした。だが、平静を装い、なんとか表情だけは取り繕う。

「おそらく明日の手配で忙しく飛び回っているのだろう。ルカイアに何か用事でも？」

「いや。ただ、きみの傍らに彼がいないのは違和感があるなと思っただけだ」

確かにそうかもしれない。

常にと表現してもいいくらい、ルカイアは日頃サファドの間近に付き従っている。

今頃ルカイアは、サファドのために竹雪とアシフを気まずくさせるべく、密かに策を練っているはずだった。

さて、どうなることやら。

サファドはアシフの端整な横顔をちらりと流し見て、ひっそりとほくそ笑んだ。

頬を微風が撫でていった感触がして、竹雪はふと瞼を開けた。

周囲は真っ暗で、針が落ちても聞こえそうなほどしんとしている。

精一杯腕を伸ばして確かめるまでもなく、竹雪が寝ているベッドの横にはアシフの姿はなかった。人の気配などまるでしなかったので最初からわかりきったことではあったのだが、竹雪は失意を覚えて消沈《しょうちん》した。

アシフはまだサファドと歓談しているのだろうか。

うとうとしてはアシフのことが気になって浅い眠りから引き戻されるといったことを、竹雪はこれで三度も繰り返している。

「……もう！　ちっとも寝つけやしない！」

竹雪は声に出して低く叫ぶなり、勢いよく毛布をはね除け、起き上がる。

きちんと閉められていたはずの窓が薄く隙間を空けているのに気がついたのはそのときだ。

あれ、と竹雪は首を傾げた。

もしかすると眠っている間にアシフが帰ってきて開けたのかもしれない。まず考えたのはその可能性だった。

帰って隣室で入浴でもしているのでは、と思いつくと、一人ベッドにじっとしてはいられない心地になる。

枕元のナイトランプを点《つ》けた。

一人では不安を掻き立てられそうなほど広い部屋が、温かみのあるオレンジ色の光で仄明《ほのあか》るく照らし出される。竹雪はにわかに安堵した。

夜着の上に薄い絹地のガウンを羽織り、室内履きに素足を入れてベッドを離れた。

「アシフ」

心細くて人恋しい気持ちになっていることをアシフに知られ、揶揄されるのは癪だったが、この際虚勢を張ってはいられない。

アシフに傍にいて欲しい。

ただ一緒に寝てもらいたいだけだ。それ以上のわがままを言うつもりはなかった。

「アシフ、いるの？」

声をかけながら隣室へと続くドアを開けたが、室内は薄暗く、人のいる気配はまるでしなかった。シャワーの水音はおろか、なんの物音もしない。ベッドサイドの明かりがごく絞って灯されているが、これはルームメイドが寝支度を整えた際に点けていったものだ。竹雪の部屋もそうだった。純白のシーツの上に散らされた淡いブルーの花を見れば、アシフがまだ一度もこのベッドに触っていないのは明らかで、きっとアシフが戻っているのではないかと期待しただけに、竹雪の落胆は大きかった。

そのままもう一度ベッドに引き返す気にはなれず、竹雪はアシフの部屋の窓を開け、バルコニーに出てみた。

寒いくらいに冷房の効いた室内とは異なり、外は真夜中でも生暖かだ。砂漠の真ん中にいるときには昼夜の気温差に愕然とするほどだったが、さすがに都会の街中では、そこまで極端には感じない。

手すりに凭《もた》れて王宮の敷地内を見渡す。

最上階に位置する四階からの眺めは申し分なく、庭園はもちろん、南東に位置する塔や礼拝堂、みごとな彫刻の施された巨大な噴水、そしてさらに奥まったところにあるハーレムの屋根と壁まで見通せた。

温い風が竹雪の髪を揺らし、頬を掠めていく。

心地はよかったが、しばらくするとまた寂しさが込み上げてきた。

「……夜に僕を放っておくなよ。アシフのばか」

ついぼやきが口に出る。

散歩がてらにアシフを迎えに行こうか、と思いつく。どうせこのままベッドに帰っても眠れそうにない。

思いついたら居ても立ってもいられなくなり、竹雪は踵《きびす》を返した。

ソフトジーンズとプルオーバーに着替え、ドアを開いて周囲を見回す。

廊下には誰の姿も見当たらなかった。こういったプライベートな場所では、護衛官たちも極力目につかないように配慮して警備に当たっているらしい。

誰にも咎められず、竹雪は部屋を出た。

起毛の密な絨毯を敷き詰めた廊下は足音を吸い込んでくれるので、竹雪はよけいな気を遣わずにすんだ。

どこまで続くともしれぬ長い廊下を、影を供にして歩く。

ところどころに配されたアンティークなガラスのシェード付きランプの光が、竹雪の影を濃く長く描きだす。

不気味なほどの静けさに、竹雪は夢を見ているような気分になってきた。

確かにアシフと二人でここに来たはずだが、まるでたった一人、得体の知れない場所に迷い込んでしまったかのような心許なさが湧いてくる。

見覚えのある美麗な階段を二階分下り、庭園を見下ろせる吹き抜けの回廊を左手に進んだ。

サファドとアシフがいるであろう居室への道筋は、たぶんこれで間違いないと思うのだが、これまではずっとアシフの後をついて歩いていただけに、確固とした自信は持てなかった。

アーチ型の装飾を支える白い柱と、ところどころに常夜灯代わりと思しき松明の燃やされた薄暗い庭園は、おそらく前に見た場所と同じはずだ。

風に乗って甘い花の香りが漂ってくる。昼間は気づかなかった。

芳香を愉しみながら漫然と歩を進めていくうち、竹雪はしばしば見覚えのない彫刻や壺《つぼ》、絵画などが飾られていることに不審を抱き始めた。一つや二つなら見過ごしていた可能性もあるだろうが、こうも続くとさすがにそんなはずはないと思い直されてくる。どうやら初めて足を踏み入れる場所に迷い込んでしまったようだ。

いったいどこで間違ったのか、竹雪にはさっぱり見当もつかない。

それでも、このまま進んでいけばいずれ知ったところに出るかもしれないと思い、引き返さずに先に行くことにした。引き返すには、すでにあまりにもたくさんの距離を歩いてきていたので、嫌気がさしたのだ。

砂漠では迷って大変な目に遭ったが、どう間違ったところでここは王宮の中だ。そのうち誰かに出会して道案内を頼めるだろう。

最初のうちはまだそんなふうに気楽に考えていた竹雪も、ずっと歩き続けてきた回廊が左右に分かれ、正面にモザイク状に色石を敷き詰めた小綺麗な広場が見えてきたときには、さすがに戸惑った。

広場の向こう側には、表面に凹凸のある乳白色の石を積み上げた、高い壁がある。壁のあちこちにはツタが絡ませてあり、昼間見たならさぞや艶《つや》やかだろう花々でいっぱいのハンギングバスケットが吊されていた。

その壁の中央に、重々しげな木製の大きな両開き扉があったが、今、その扉はぴったり閉ざされ、押しても引いてもビクともしなかった。

「行き止まり……？」

ここまで来たのに、とがっかりして竹雪はぼやいた。結局引き返すしかないのかと思うと、迷ったことに気がついた時点で素直にそうするのだったという後悔が起きてくる。またもやつまらない判断ミスをおかしてしまったようで、悔しくもあった。

それにしても、この中はなんなのだろう。

竹雪は扉の前から数歩後ずさり、振り仰いでしげしげと観察した。

高い壁の左右は広場を取り囲む回廊と繋がっている。凝《こ》ったレリーフを施された柱がずらりと並んだ回廊は整然としていて美しい。

綺麗で、どこか女性的な印象の庭だと竹雪は思った。

とりあえず引き返そう。ここにいてもどうしようもない。

竹雪が諦めて体の向きを変えようとした矢先、背後からいきなり誰かに肩を掴まれた。

「うわあっ！」

突然のことに竹雪は素《す》っ頓狂《とんきょう》な声を上げ、飛び上がらんばかりに驚いた。

バッと振り返ると、いつの間にかアラブ衣装に身を包んだ細身の男が立っている。

「ル、ルカイアさん……？」

「こんなところで何をなさっているのですか、竹雪さん」

二人の声が重なる。

「ご、ごめん！　散歩してたら迷ったみたい」

竹雪はルカイアの瞳に咎めるような色が浮き出ているのを見つけ、慌てて謝った。どうやらまずいことをしてしまったようだと瞬時に悟ったからだ。

ルカイアは竹雪の言葉をすんなり信じたようだ。すぐに表情からきつさが失せ、普段見せている穏やかで優しげな顔つきになる。

「この先はハーレムです」

「えっ？」

知らなかった。竹雪はギョッとすると同時に、怖くなってくる。

「ごめんなさい……僕」

「いえ、大丈夫です。竹雪さんが意識的にここに来たのではないということは、ちゃんとわかっております」

恐縮して項垂れた竹雪に、ルカイアが安心させるように理解を示す。

そう言ってもらえて、竹雪はぐっと気持ちが楽になった。

「ハーレムに興味がありますか？」

「……あの、僕は、その……」

アシフに会いたくて、アシフを探していただけ——この場でそう答えるのが妙に恥ずかしくて、竹雪は言葉を濁した。それではまるで甘ったれの子供のようだ。いい歳をした大人のセリフではないと思う。アシフにはいくらでもばかにされて仕方がないと諦めているが、ルカイアには体裁《ていさい》を取り繕っておきたかった。つくづく見栄っ張りだと自分でも嘆息する。

「ここに入ることのできる男子は、通常陛下だけなのです。あとは……世話係である宦官《かんがん》たち。そして、この私」

「ルカイアさんは、宦官？」

竹雪は目を瞠り、確かめないではいられなくなる。

今時、宦官などが存在すること自体信じ難かったのだが、文化の違いと捉えてしまえばそれまでだ。それにルカイアは、そう言われればなんとなくそんな気もしないではない。つくづくと綺麗な顔を見つめてしまった。

しかし、ルカイアは静かに首を横に振る。薄茶色の瞳が重大な秘密を打ち明けようとしている人のように真剣で、キラリと鋭利に光ったのが竹雪の胸に強く印象づいた。

「宮殿に勤める多くの人々は私をそうだと信じていますが、実は違うのです。これもすべて陛下のお望みのままなのですけれど」

「つまり、ルカイアさんは陛下の特別なわけですね」

ちゃんと理解できているのかどうか自分自身あやふやではあったが、竹雪はそう受け取った。

ルカイアもにっこりと微笑む。

「機会があれば私がこちらを案内して差し上げます。今夜のところは引き揚げましょう」

竹雪はルカイアに手を取られたまま歩きだした。

ルカイアの指は細くて白い。そして少しひんやりとしていた。

延々と続く回廊を並んで歩く間、竹雪とルカイアはポツポツと遠慮がちに会話した。

「護衛官が私に、あなたがこちらに来たことを知らせてきました。よもやこんな時間にお散歩とは、少々驚きましたよ」

「部屋の窓が……開いていたんです」

まるで竹雪を誘い出すように。

竹雪がこんなところまで来ることになったそもそものきっかけは、窓が開いていて風が頬を撫でて通り過ぎるのを感じたからだった。

もしあれがアシフのしたことでなかったのだとすれば、いったい誰がなんのためにしたことだろう。まるで、好奇心の強い竹雪の性格を知っており、そこに付け込んで部屋の外に出ていくようにに仕組んだかのようだ。もちろん、そんなふうに考えるのが荒唐無稽《こうとうむけい》だというのは竹雪も十分承知している。そんなことをしたところで、どんな意味があるとも考えられない。

竹雪の唐突な言葉に、ルカイアは特になんの反応もしなかった。普通ならばもう少しわけがわからなそうにして「なんのことですか?」などと尋ねてきてもよさそうなものだが、ルカイアは聞こえなかったように黙っている。

ちょっと気にはなったものの、竹雪はまあいいやと片づけた。

「アシフは今どこにいるのか知っている?」

「十分ほど前までは陛下とご一緒に居間にいらっしゃいましたが」

「……やっぱりそうだよな…」

竹雪は低く呟いた。

どう考えてもアシフが窓だけ開けにわざわざまた戻ってきたとは思えない。

なんだか狐《きつね》に抓《つま》まれたような気分だ。

いくら考えてもわからないので、竹雪は話を変え、おそるおそるルカイアに聞いてみた。

「あの、アシフにはこのこと話した？」

報告がいったなら、きっとアシフは怒っただろう。あれほどおとなしくしていると約束したにもかかわらず、またもや勝手な行動をしてしまったのだ。

「いいえ。私の独断でお知らせしませんでした」

いったんは憂慮したものの、ルカイアの返事は竹雪をホッとさせるものだった。

よかった、と竹雪は思い、心持ち足を速めた。

このまま素知らぬ顔をしてベッドに潜り込んでいればアシフには気づかれずにすむだろう。怒られたくないばかりに、ついそんな姑息《こそく》なことを考えてしまう。

ところが。

竹雪の楽観的な考えはあっという間に覆された。

ルカイアに導かれて部屋に戻ると、気配を感じたらしいアシフが、竹雪がドアノブに指をかけるより早く、内側から勢いよく扉を開いたのである。

——怒っている……。ものすごく怒っている。

仁王立《におうだ》ちになっているアシフの顔を見た途端、竹雪は悟り、反射的に首を縮めた。

「どこに行っていた？」

追い打ちをかけるようにアシフの低い声が竹雪をビクッとさせる。顔を上げてアシフの目をまともに見ることもできなかった。

「さ、散歩に」

竹雪は俯いたまま小さく返事をした。

もしもこの場に二人きりだったならば、竹雪も素直に本音を話せていただろう。やっぱりアシフが傍にいてくれないと寝つけず、そろそろ戻る頃ではないかと思って迎えに行こうとしたのだ――そう言って、アシフに抱きつけばすむことだった気がする。だが、あいにくと竹雪の横にはルカイアがいた。ルカイアにはみっともないところを見せたくない気持ちが、ここでも勝ったのだ。

「そしてご丁寧にもまた迷子になって、ルカイアの手を煩《わずら》わせたというわけか？」

「そんな言い方しなくたって……！」

アシフの冷たさに竹雪は悔しくなって反論しかけたものの、どう言ったところで分《ぶ》が悪いと悟り、尻窄《しりすぼ》みに黙った。なんとも情けない限りだ。

「迷惑をかけて悪かったな、ルカイア」

アシフは語調を柔らかくし、ルカイアに声をかけた。

「とんでもございません、殿下。竹雪さんがご無事で何よりでした」

「サファドにも俺が謝っていたと伝えておいてくれ。虫の知らせを感じて話半ばで引き揚げてきてしまった。きみが竹雪を連れ帰ってくれるのがあと一分遅ければ、俺は宮殿中竹雪を捜し歩くところだった。話の続きはまた明日ゆっくりとしたい、そう言い添えてもらえれば嬉しい」

「畏まりました。間違いなくお伝えいたします」

ルカイアはアシフに向けて深々とお辞儀をし、竹雪にも目礼してから立ち去った。

残された竹雪は上目遣いにこっそりとアシフを窺い、いよいよその機嫌の悪さを感じ、気まずさでいっぱいになる。

もう一度ちゃんと謝ろうと口を開きかけたところを、ぐいと乱暴に腕を引かれ、室内に入らされる。

「アシフ」

腕の痛みに顔を顰めつつアシフに話しかけたが、アシフはむっつりと黙り込んだまま、竹雪を見ようともしない。アシフには、竹雪が自分の言いつけを守らなかったことが、ひどく心外だったようだ。

あれほどおとなしくしていると約束したくせに——そう言いたげなのが伝わってくる。

竹雪は、違う、と声を張り上げて説明したかったが、ベッドに連れ帰られ、寝ろ、というように強い視線でひと睨みされてしまうと、何も言えず従うほかない雰囲気になって諦めた。

「そのうち本当に好奇心でとんでもない手痛い目に遭うかもしれないぞ。覚えておけ」

最後にアシフは感情を押し殺して突き放すように言うと、枕元の明かりをパチリと消して出ていった——。

Ⅳ

宮廷楽師たちの奏でるオリエンタルな音色の明るい音楽に乗って、緋色《ひいろ》やピンクやエメラルドなど、華やかな色味の衣装を身に着けた踊り子たちが激しく腰をくねらせている。

アラビアの民族舞踊、ベリーダンスだ。

なめらかそうな褐色の肌、彫りが深く目鼻立ちの整った小さな顔、ウエーブのかかった黒い髪、きゅっと引き締まった体のラインと、皆見惚れてしまうほど美しい。

彼女たちが動くたび、衣装に付いたスパンコールが広間の天井に吊されたシャンデリアの光を弾き、キラキラと煌《きら》めいた。

ときおり両手に着けた一対の小さなシンバルを打ち鳴らし、リズムを取る。

踊っているうち、大胆に晒された豊満な胸元や手足には汗の雫が浮いてきて、動くたびに周囲に飛び散る。

じっと見ていると、竹雪《たけゆき》は酔ったような心地になってきた。まるで麻薬を吸ったかのように陶酔し、幻惑の世界に迷い込んだ気分になる。

踊り子たちの体の動きそのものがどこか神秘的で、巫女《みこ》が神に捧げる呪術的な踊りを見ているようだからだろうか。室内に焚《た》きしめられたジャスミンの香の効果もあるに違いない。

楽師たちの手にある楽器も珍しいものが多く、興味深かった。

酒杯にそっくりな形の片太鼓、タンバリンに似た枠太鼓、台形の琴、細長い縦笛などの、西アジア諸国ならではの伝統的な楽器の他、曲によってはシンセサイザーやエレキギター、フルートにヴァイオリンなどの、デジタル楽器や西欧楽器が加わるらしい。

竹雪はこの情熱的なダンスと音楽に魅入られながらも、頭の片隅では常にアシフのことを思い、悩ましい気持ちを持て余していた。

アシフとは昨晩からぎくしゃくとしたままだ。

喧嘩とまではいかないが、何もないときのようにスムーズな会話にならなかったり、遠慮なく絡んでいったり甘えたりといったことができる雰囲気ではなくなっている。

アシフはいったん虫の居所を悪くすると、意外と意地を張ってしまう性格らしい。普段に比べて口数がぐっと減るので、すぐわかる。もっと冷静に達観して振る舞うのかと思いきや、案外そうでもない一面も持っていて、親近感が増す。もっとも新たに発見したアシフのその性格は、現状では竹雪に不利で、諸手《もろて》を挙げて喜べるものではなかった。

アシフとの関係がしっくりいかぬまま、こうしてサファド主催の宴席に出席していても、竹雪の気分は晴れない。どんなに綺麗な女性が傍に来てくれても、どれほど蠱惑的《こわくてき》なダンスを見ても、嬉しく感じたり感嘆したりするのは最初のうちだけで、しばらくすると気が塞ぐ。

宴が始まる前、「今夜、アシフは俺に貸しておいてくれ」と冗談交じりでサファドに頼まれたのだが、蓋を開けてみれば、サファドは本当にアシフを竹雪の傍から離して自分の真横に座らせ、竹雪のことはルカイアに任せるようにした。

ハーレムの女たちもすべて招かれているようだ。侍女を連れた若い女性の姿があちらこちらにある。それぞれ自分に似合う衣装や装身具を選んで身綺麗に装っており、ほとんどの女性は薄衣のベールを頭から被っていた。

内輪と言いながら、ずいぶんな人数を揃えての盛大な催しだ。竹雪は華やいだ場の雰囲気に呑まれそうになる。

たまには無礼講で愉しみたい——派手好きらしいサファドは、どうやらそういうつもりらしかった。「気に入った女がいれば口説いてみるがいい。今宵《こよい》限りは俺が許すぞ」などと半ば本気の目つきをして言ってのけ、竹雪を困惑させた。

それよりなにより竹雪がムッとしたのは、サファドがそういう質《たち》の悪いジョークを言って竹雪をからかうのに、それを隣で聞いていたアシフがなんの助け船も出してくれなかったことだ。いくら昨日のことを怒っているからといっても、いいかげん根に持ちすぎるのではないか。竹雪はアシフの頑固ぶりに、あんまりだよ、ともう少しで抗議しそうになった。ルカイアがさっと間に入って「こちらへどうぞ」と竹雪を連れていかなければ、きっとそうしていただろう。

楽しいのか楽しくないのかわからない宴が始まって、小一時間あまり経つ。

先ほどからアシフは、上手の席でサファドと恰幅のよい髭面《ひげづら》の男に挟まれ、和やかに歓談している。

髭面の男は宰相《さいしょう》のツルフだ。ツルフはサファドの叔父で、アシフからすると従姉の夫君という関係になる。五十過ぎの、優しげな顔立ちをした、温厚そうな雰囲気の人だった。迫り出した見事な下腹と血色のいい丸顔が、なんとはなしにおおらかな性格を想像させ、ぎすぎすした印象は受けない。

ツルフの隣に控えめに座し、三人が語らう様子を微笑ましげに聞いている女性が、アシフの従姉、ハディージャである。

広間の中央で色気に満ちた妖しいダンスを披露している踊り子たちとは対照的に、ハディージャは黒い布でしっかりと頭を覆い、極力顔や肌を他人の目に晒さないようにしていた。

それでもハディージャの臈長《ろうた》けた美しさは隠しようもなく、目が合うたびに竹雪は意味もなくそわそわした。ツルフの深い愛情を一身に受け、四人もの子をなしたと聞いたからだろうか。禁欲的で貞淑《ていしゅく》そのもののハディージャの中に成熟しきった女性の艶を感じ、そんな自分自身が不《ふ》埒《らち》な不届きもののように思えてくる。

ときおり首を伸ばしてハディージャに話しかけるアシフも、まんざらではなさそうだ。

竹雪に向けるのとは雲泥《うんでい》の差の、優しげで愛想のある笑顔を見せ、心から会えて嬉しいといった表情をする。アシフが従姉を敬愛し、大切に思っているのが遠目にもひしひし伝わってくる。

本当に仲がいいんだな……。

竹雪は複雑な気分に包まれた。

もしかすると、昨日から何かにつけてアシフの意に逆らう結果になってばかりの竹雪に、アシフは嫌気がさしてきているかもしれない。聞き分けのないガキの面倒を見るのはうんざりだと、苦々しい気持ちになっているのではなかろうか。

礼節を弁《わきま》えた上での親しさでハディージャと微笑み合うアシフを窺っているうち、竹雪は次第に不安を濃くしていった。

ジャスミンの香が殊更《ことさら》きつく、濃厚に感じられてきて、息苦しささえ覚え始める。

竹雪は襟元に指をやり、立ち襟をクイと引っ張った。アラブ風の衣装で正装するのはこれで二度目だ。バージュの競馬場で初めて身につけたときよりは着こなせている自信はあるものの、やはりまだ違和感はつきまとう。

先ほどまでは面白く聞いていたはずの軽快でリズミカルなベリーダンス音楽も、今は耳にうるさいただの音にしか感じられなくなってきた。

竹雪は手にしていた葡萄《ぶどう》ジュースのグラスを手近な床に置くと、胡座を崩して腰を浮かせた。伝統的なバヤディカ式の宴席にはテーブルも椅子もなく、色とりどりのクッションが積み重ねられた敷物の上に直接座る形だ。夕方入浴して着替える際に、アシフは無愛想な顔をしたまま、竹雪に「内輪とはいえ国王主催だ。敬意を表して国の衣装で正装しろ」と言ったのだが、それはこの宴席の形式を踏まえてのことでもあったらしい。燕尾服《えんびふく》で洋装していたら、さぞかし窮屈で辛かったところだろう。アシフも決して竹雪を無視してばかりいるわけではないのだ。

「どうなさいました、竹雪さん？」

立ち上がりかけたところで、斜め後ろからルカイアにすかさず声をかけられる。

竹雪は片方の膝を立てたままルカイアを振り向いた。

ルカイアの思慮深そうな薄茶色の瞳が、竹雪を探るように見つめている。べつに咎めるような視線ではなかったのだが、なぜか竹雪はこのとき、あたかもルカイアに行動を見張られているかのごとく感じ、ギクリとした。もっともそれはほんの一瞬のことで、すぐに単なる気のせいだと思い直し、頭の中から払いのけた。

「ちょっと雰囲気に酔ったみたいで。外に出て風に当たってこようかと」

「それならお供いたしましょう」

ルカイアの言葉つきはやんわりしているが、相手に否と断らせない強さを併せ持っている。竹雪は「……うん、じゃあ、一緒に」と頷かざるを得なかった。なにしろ昨晩一人で出歩いて早速迷ったという情けない前歴もある。そこを突かれると立場が弱かったので、へたに逆らわないことにしたのだ。これでもしまた迷子にでもなれば、面目がなさすぎる。アシフにしても、ルカイアが一緒の方が安心するだろう。

賑やかな広間を抜けるとき、竹雪はちらりとアシフに視線を伸ばした。

相変わらずアシフはハディージャやツルフの方を向いている。竹雪が席を外したことに気づいた様子はない。

ちぇっ、と竹雪はふて腐れて舌打ちしそうになる。

もう少しくらい構ってくれてもいいだろうに。

――そう望むのは竹雪のわがままなのだろうか。

「やはり、アシフ殿下がお傍においでではないと、つまりませんか？」

控えの間に出たところでルカイアに聞かれる。ルカイアの理知的な白い顔には、うっすらと品のよい微笑が浮かんでいた。まるで竹雪の苛立ちや心許なさ、そして幾ばくかの嫉妬心を読み取ったようだ。

「そんなこと、ないよ！」

甘ったれだとみなされるのは不本意だし、恥ずかしい。竹雪は虚勢を張ってすぐに否定した。

「アシフなんていなくて結構。……もちろん、たまには、だけど」

いったんは強気の発言をしておきながら、やはりそれは言い過ぎだ、嘘だ、と自分自身感じ、遠慮がちに本音を付け足す。

竹雪のそんな返事の仕方がおかしかったのか、ルカイアは拳で口を押さえながらククッと笑い出す。竹雪は少しムッとしたが、唇を尖らせただけで、どんな言い訳も抗議のセリフも、結局思いつかなかった。

「竹雪さんは本当に可愛い方ですね。素直で率直で、私には羨ましい限りです」

「そ、そんなこともないんだけど」

むしろアシフには、意地っ張りめと悪態を吐《つ》かれてばかりいる。もしかすると嫌みなのだろうかとすら思った。しかし、ルカイアの整った顔からはそんな悪意は読み取れない。すでに竹雪も見慣れた、冷静で淡々としたいつも通りの表情を浮かべているだけだ。

竹雪はルカイアと連れ立ち、控えの間を出た。

南国によくある壁を取り払ったホテルのロビーのようなスペースを横切り、中庭沿いに長く延びた回廊を歩く。

夜風に乗って甘い花の香りが漂ってきて、竹雪の鼻を擽《くすぐ》った。

風流な松明の火が、近くで、遠くで、いくつもゆらゆら揺れている。

「それにしてもアシフ殿下、ハディージャ様と久しぶりにお会いになって、たいそう懐かしんでいらっしゃいましたね」

ルカイアの話題はちょうど竹雪が気にしていたことに及び、竹雪はつと眉を寄せ、下唇をひと噛みした。胸の奥がちりちりと火で炙《あぶ》られるかのごとく疼く。

「知らない」

竹雪は突っぱねるように返した。

「もしや、妬いておいでですか？」

「まさか！」

ルカイアはときおりさらっとした調子で触れて欲しくないことを口にする。そこに微かな悪意が感じられることもままあって、竹雪はルカイアの本心がどこにあるのかわからなくなることがあった。基本的には優しくて親切な人だと思うのだが、計算高くてしたたかな面も持ち合わせている気がする。竹雪にもそれは薄々察せられていた。しかし、だからといってルカイアを信じられないとか警戒するといった気持ちにまではならなかった。

「ご心配なさらなくともアシフ殿下は他のどなたより竹雪さんのことを考えておいでですよ」

ルカイアは、今度は竹雪を慰めることを言う。

「……どうかな」

そうなればそれで、天の邪鬼に否定的になるのが竹雪の性格だ。

竹雪はルカイアの発言に逆らい、わざとアシフを信じていないような振りをした。

「きっとアシフは僕みたいな年下の男より、気のきいた年上の人と一緒にいる方が落ち着けて好きなんじゃないかな。高尚《こうしょう》な話ができて、退屈したり苛々したりせずにすむから。僕だと、とてもそんなふうにはならないし」

「そうご自分を卑下なさることはないと思いますが」

「だって、本当のことだもの」

喋っているうちにだんだん竹雪自身、自分の言葉に暗示にかかっていき、初めは口先ばかりにすぎなかったことが事実のように思えてきて落ち込んだ。

「僕の相手をするより、サファド陛下との付き合いを優先させたり、ハディージャさんと仲良くしたりすることに熱心なのは、誰の目にも明らかだよ」

「殿下は少しお疲れなのかもしれませんね」

ルカイアはまたもや含みのある発言をして、竹雪の心を掻き乱す。悪気はないのかもしれないが、竹雪は胸を抉《えぐ》られるような心地を味わった。

確かに否定できないと思った。

アシフはこのところずっと竹雪に振り回され、げんなりしていたのかもしれない。そんなことはないと言い切れる自信は皆無だ。

「しばらくそっとしておいて差し上げた方がいいかもしれません」

さらにルカイアは言い募る。

「そうすれば、今度はまた逆に、殿下の方から竹雪さんを追いかけていらっしゃいます。恋とはそういうものではありませんか？」

ルカイアの言葉には説得力があった。

竹雪もここは迷わずこくりと頷く。

アシフに嫌われたくない。呆れられたくない。そのためには、わがままは控え、一人でも平気なことを示した方がいい気がした。

「そうだ、竹雪さん」

不意によいことを思いついたようにルカイアが声を弾ませた。竹雪に向ける瞳は愉しげに輝いている。

ルカイアもたまにはこんな無邪気な目をするのだな、と竹雪は意外に思った。

「宴席もそろそろ無礼講の体《てい》を示してまいりました。陛下も殿下もお話に夢中のご様子でしたので、このまま竹雪さんと私がしばらく戻らなくてもお気づきにならないでしょう」

「そうかもしれないね」

複雑な気持ちになりながらも、竹雪は渋々認める。実際その通りだと思ったのだ。今のアシフは竹雪を見ていない。少なくとも竹雪にはそう感じられた。

「よかったら、ハーレムの中をご案内いたしましょうか？」

「えっ？」

いきなり思いもかけないことを耳元に囁かれ、竹雪は驚いて目を丸くした。すぐ真横にまで迫ってきていたルカイアの顔をまじまじと凝視する。

「冗談……だよね？」

「いいえ」

ルカイアは口元を綻ばせながら、蠱惑的な瞳で竹雪を誘うように見返す。

「昨晩、機会がありましたら、とお約束したでしょう。今がまさにうってつけの時だと思うのです。現在ハーレムに残っているのは数名の護衛官と女官たちだけ。あとの者は、全員広間で宴会に参加しています」

「でも、でも、待って、ルカイアさん」

竹雪は混乱してきた頭を少しでも落ち着けようと、先走るルカイアを押し止めた。

「僕にはこの国のしきたりがまるでわからないんだけど。普通、ハーレムには陛下以外の男が立ち入ってはいけないんだろう？」

「もちろんそうです」

ルカイアはいったん認めておきながら、ごく自然な仕草で竹雪の肩に手を載せる。そして、あと僅かで鼻の頭がくっつきそうな距離にまで顔を寄せてきた。密談を持ちかけられている感覚が強くなる。

彫りの深い美貌を間近にした竹雪は、反射的に身を遠ざけかけたが、ルカイアの腕に引き留められた。

周囲には他に人の気配はない。

それでも竹雪は否応もなく緊張してきて、こくりと喉を鳴らした。

これから二人でとんでもなく悪いことをしようとしている心地になってくる。

「今宵は特別です」

「でも……！」

竹雪はますます戸惑った。つい声が大きくなる。すかさずルカイアに「しっ」と窘められ、慌てて唇に手を当てた。

「陛下のお許しはいただいています」

「えっ？」

「ただし、仮にも女性の園ですので、それにふさわしい姿になっていただかねばなりません」

「ふさわしい姿って？」

まさか……と思いつつ問い返す。

ルカイアはにっこり微笑み、なんでもないことのように答えた。

「中に残っている者たちの目さえごまかせればよいのです。竹雪さんにお似合いの衣装をご用意いたしますからご心配なく」

「つまり、女装しろってこと……？」

「こちらに」

「あの、ちょっと！　ルカイアさんっ！」

肝心なことははぐらかして答えないルカイアに腕を取られ、竹雪はどこかの部屋に連れ込まれてしまった。ほっそりとしているようでいて、国王の側近としてそれなりに武術の心得があるらしく、ルカイアは容易《たやす》く竹雪を意のままにする。

入らされたのは、謁見待ちの人々が控えに使う部屋のようだ。あちらこちらに様々な形の椅子が置かれ、中央の大きな丸テーブルには巨大な花瓶が飾られている。花瓶はたいそう立派なもので、おそらく高価な美術品なのだろう。

「奥に服装を整えるための部屋があります」

ルカイアに手を引かれたまま、竹雪はおとなしく従った。

男の身で現存しているハーレムが覗けるなど、めったに訪れるチャンスではない。せっかく見せてくれるというのだから、断る理由はない気がしてきた。カッシナにいる兄夫婦に、土産話としてこっそり聞かせてやれば、きっと驚かれ、羨ましがられそうだ。

二人は六畳間ほどありそうな衣装部屋と思しき場所に入った。竹雪の認識としてはウォークインクローゼットのような部屋だ。

壁に造り付けられたポールに、一着だけ薄い絹の衣装が下げられている。どうやら最初から竹雪をここに連れてきて着替えさせるつもりで用意していたようだ。手回しのよさに竹雪は感心した。こういう状況に対して特になんの疑いも持たないのが、竹雪の竹雪らしいところなのかもしれない。

竹雪は、衣装を取ろうと腕を伸ばしたルカイアの背に向かい、一番の気がかりを確かめた。

「ねぇ。このこと、アシフには内緒にしてくれる？」

パールホワイトの生地に、金と銀の糸と数えきれないほど多数の小粒のダイヤで豪華な縫い取りの施された衣装を手にしたルカイアが、竹雪に向き直る。

「お望みならば、もちろん秘密にいたしますよ」

「じゃあそうして。なんとなくだけど、たぶんアシフは僕が勝手をするのをとても嫌がると思うんだ」

「ええ、わかりました」

ルカイアはいかにも自分は竹雪の味方だという表情で約束する。

それでようやく竹雪は気がかりが払拭され、心が軽くなった。

「それを着るの？」

自分からルカイアに聞く。

はい、と頷きながら、ルカイアは胸の前で衣装を広げてみせた。上品で美しいドレスだ。女物というが、竹雪にとってアラブ系の民族衣装は、男物も女物も同じような裾の長いストンとしたラインで、それほど差がないと思える。日本でスカートを穿《は》けと言われるよりは全然抵抗がなかった。

「大丈夫そうですか？」

「まぁ……なんとかなるかなって感じ」

「お召し替え、お手伝いいたします」

「そんなの、いいよ！」

竹雪は焦って遠慮した。誰かに着替えを手伝ってもらうなど、慣れなくて面映ゆい。アシフ以外の人間の前で赤裸々《せきらら》な姿を見せたくない気持ちも強かった。

それでは、とルカイアは衣装部屋を出ていき、竹雪をひとりにしてくれた。

竹雪はドキドキしながら身につけていた男性ものの民族衣装を脱ぐ。この衣装はアシフが生地から選び、仕立ててくれたものだ。初めて袖を通したとき、切れ長の目をすっと細めて、感嘆したように「似合う。綺麗だ」と褒められ、竹雪はおおいに照れた。照れてぶっきらぼうにそっぽを向きつつも嬉しさと誇らしさを覚え、いったいこの感情をどうやってやり過ごせばいいのか悩み、動揺したものだ。

その大切な衣装を脱ぎ落とし、竹雪は初めて女物の服を着てみた。細身で体にぴったりフィットする。高級な絹の布地が肌に吸いつくようだ。着丈も袖丈も腰回りも、すべて誂えたかのようにぴったりで、いったいこの服はどうしたのだろうと、少し不思議に思った。

「お出来になりましたか?」

ルカイアが外から声をかけてくる。

ちょうど、胸元にある最後の飾り留めを留めたところだった竹雪は、「入ってきていいよ」と答えた。

「失礼いたします」

礼儀正しく断って、ルカイアが姿を見せる。

手には頭に被るのであろうカフィーヤを持っている。ちらりと見ただけで、衣装とお揃いの、美麗で贅沢なものだとわかった。

「ああ……本当に、素晴らしくよくお似合いですね」

ルカイアは竹雪の全身を上から下までとくと見る。まんざら社交辞令のお追従《ついしょう》というわけでもなさそうで、溜息を洩らすようにして褒めた。

「帯はもっと上の位置で締められた方がいいでしょう」

「う、うん……」

「私が結び直して差し上げます」

竹雪の返事を待たず、ルカイアは慣れた手つきで金の糸をふんだんに使って織り上げられた腰の帯に手を伸ばす。

一度解《ほど》いて緩められ、あらためてぎゅっときつく、まるで腰に女性らしい括《くび》れを作り出すかのように強く締めつけ直される。

く、苦しい、と弱音を吐きかけたが、ここはどうにか堪えた。

帯を直したルカイアは、さらに竹雪の頭にカーフィアを巻きつけた。

壁に填め込まれた等身大の鏡の前に立たされて、自分の姿を見せられる。

「うわ」

竹雪は、どこからどう見てもちゃんとした女に見えるのを確かめ、我ながら満悦した。目だけ出して頭をすっぽり覆い隠しているのと、男にしては痩せていて背丈もそこそこしかないことが、竹雪をすっかり女らしく見せているようだ。自分で言うのもなんだが、パールホワイトの衣装がぴったりだ。気品があって艶やかで、つい小股になって歩いてしまいそうなくらいしっくりときていた。

「時間があればぜひお化粧もして差し上げたかったですね」

ルカイアもしみじみと言う。

それはちょっと、という気持ちと、一度くらいしてみてもいいかも、という気持ちがないまぜになる。調子に乗りすぎてきたのかもしれなかった。

思っていた以上に女装が不愉快ではなかったので、竹雪はそれまで微かに抱いていた不安を、ほとんど忘れ去っていた。

早くハーレムの中に入りたい。

この格好で、ルカイアが傍についていてくれるなら、きっと誰にも疑われない。ハーレムの女のひとりが宴からちょっと席を外してきたのだと思ってもらえるに違いなかった。

「ルカイア。僕、黙って俯いていればいい？」

「ええ、そうですね」

竹雪の声が弾んでいることに、ルカイアはちょっと困ったなというふうに苦笑した。ここまで女装が似合うとも、竹雪が気に入るとも想像しなかったのかもしれない。

未知の世界に入り込む前に、とルカイアは竹雪の肩を引き寄せた。

「おまじないです」

「おまじない？」

いったいなんだろう、と訝しく思った途端、顔を覆う薄布の上から掠《かす》めるように唇にキスされていた。

「ル、ルカイア……！」

まさに不意打ちに遭った感じで竹雪は呆然とする。

「ただのおまじないです」

対するルカイアはしごく真面目な顔をしていた。

「竹雪さんの身に望まぬことが起きないように」

「あ、ありがとう、ルカイア」

ルカイアの目が真剣この上なかったので、竹雪も茶化したり冗談にしたりする気が失せた。

「さぁ、では、参りましょうか」

ルカイアは、姫君を守る乳母か何かのように竹雪の横に寄り添うと、部屋を出た。

もっと離れているかと思いきや、そこからハーレムは意外と近かった。

途中誰と出会すこともなく、二人は回廊を抜け、奥庭の向こうの高い壁まで近づいた。

昨晩、竹雪を阻んだ両開きの重々しげな扉が、今夜はルカイアが手にした鍵で、いともなめらかに開く。

あたりは不気味なほど静かだった。僅かな音でも明瞭に聞き取れる。

竹雪が扉をくぐると、背後ですぐにまた閉まる。

夜の静寂《しじま》に、カシャ…ァン、と背筋を緊張させる音が響き渡った。


ルカイアと竹雪が席を立って広間から出ていくところを、サファドは横目でしっかり見ていた。

どうやら計画通りに運びそうだ。ルカイアはきっとうまくやるだろう。

サファドは胸の内でニヤリとし、傍らでツルフやハディージャと親しげな会話を交わしているアシフに視線をやって、勝ち誇った気分に浸った。

まだアシフは竹雪の不在に気づいていないようだ。

ハディージャがこれほど役に立ってくれようとは嬉しい誤算である。もっと手の込んだお膳立てをしなければ、アシフを簡単に竹雪から引き離せないのではと思っていたが、案外そんなこともなかったらしい。サファドが当初感じたほど、アシフは竹雪しか目に入らないわけではないようだ。ということは、竹雪を奪ってもアシフに与えられるダメージは期待したほどではないのかもしれない。少々物足りなくもあるが、かといって他にもっと効果的なやり方を考えつけるわけでもない。とりあえず、アシフを出し抜き、鼻を明かしてやれると思えば、何もせずにいるよりましだ。――少なくとも、竹雪を我がものにすることには、おおいに食指をそそられる……。

サファドは今から起きることを期待して楽しくなりながら、表面上はあくまでも何事も企んでいないふうを装った。

竹雪の不在をアシフに早々に気づかれては、この先をうまく運べない。

サファドはアシフがツルフとの会話に一区切りつけ、膝の傍に置いていた酒の杯を手にしたとき、すかさず話しかけた。

「それにしてもアシフ」

アシフがサファドに注目する。

男前の端麗な顔にはまだ酔いのかけらも窺えない。

さて、どうするか……。

問題はここから先だ、とサファドはアシフの青い瞳を見据え、気取られぬように腹の奥底でふつふつと闘志を燃やした。もう今さら退くわけにはいかない。むろん、やり損なうわけにもいかなかった。

　サファドは厚めの唇を軽く舌で湿らせると、話の先を促すような目つきをしているアシフに、言葉を選びながら続けた。

「最近また得体の知れぬ男が、砂漠を我が物顔に駆け回っているようだな？」

「得体の知れぬ男？」

「ああ。部族の連中が『砂漠の鷹』と呼んで何やら恐れている、例の一匹狼だ」

「……ああ、そう言えば、そんな噂もたまに聞くな」

「ふん、たまにか。隣国の俺でも知っているほど派手に活躍しているらしいがな」

　サファドは目を眇め、アシフの完璧な無表情を穴が空くほど見据えた。

　アシフは、まったく自分とは無関係だと言わんばかりの顔をしている。自分の国の話だというのに、いっそ不自然なほどの関心の薄さだ。誰よりも自国を愛し、誇りに思っている普段のアシフらしくない。違和感があった。

　実のところサファドは、『砂漠の鷹』の話を聞き重ねるにつれ、その正体はアシフなのではないかと疑っていた。

　世間的には顔も素性も謎の男となっており、いったい普段どこにいて何が目的で行動しているのかわからない不可思議な人物だが、彼のおかげである意味砂漠の秩序が保たれている部分があることは確かだ。

砂漠の民は、彼ら特有の文化と習慣、そして掟《おきて》を持っている。その前では、国の統治者の意向すらときに軽んじられることがあるくらい、族長を頭とする部族内の結束は強い。『砂漠の鷹』は、自らも砂漠と共に生きる者として彼らの懐《ふところ》に入り込み、ときには便宜《べんぎ》を図ったり、ときには部族間の争いを仲裁したりするらしい。反面、裏では人攫いや金品強奪などといった悪事に手を染めているようだという噂も耳にする。誰にとっても敵か味方かわからない不思議に中立を保った存在なのだ。

「警察はそいつの正体をまだ摑めないのか？」

「神出鬼没らしいからな」

「常に一人で行動するそうだが、どうやら背後に相当力を持った黒幕がいるようだな。放っておいて大丈夫なのか」

「少なくとも、きみの国にはまだ迷惑をかけていないようだから、我が国の問題として慎重に考えたいと思っている」

「聞くところによれば、えらくハンサムな若い男というじゃないか」

「それは初耳だ」

アシフはサファドの引っ掛けにはかからず、さらりとかわす。

この抜け目のない狐が、とサファドは歯がゆくなる。

「誰も『砂漠の鷹』の素顔を見たものはいない——そう俺は聞いている」

見え透いた手には乗らないぞとばかりにアシフは慎重に言った。

「ふん。一度でいいから顔布を剝ぎ取って押さえ込み、俺の意のままに扱ってみたいところだな。俺の目の前に現れてくれたなら、必ずやそうしてみせるつもりだが」

「やれるものならやってみてくれ。我が国も謎が一つ消えて助かる」

もしも本当に『砂漠の鷹』がアシフ本人なのだとすれば、呆れるほどのふてぶてしさだ。

サファドは生来の好戦的な血が騒ぎ、身震いがくるほどぞくぞくした。

今に見ていろ。必ずその取り澄ました顔を青ざめさせ、跪《ひざまず》かせてやる。そんな気持ちが膨らんでくる。

まず手始めは、手に入れたばかりの恋人の裏切りだ。

表面的にはどれほど平静な振りをしていようとも、竹雪がサファドに身を委ねたと知れば、アシフはきっと打ちのめされる。

おそらく、アシフにとって本気の恋愛は今度が初めてだと、サファドは睨んでいる。その分ショックは大きいはずだ。もう二度と恋などしたくないとアシフを落ち込ませられれば、サファドの溜飲は下がる。恋多き男を自認するサファド自身ですら、いまだ本気の相手を見つけられていないというのに、こともあろうに恋愛に関しては朴念仁と思っていたアシフに先を越されるなど、番狂わせ以外の何ものでもない。竹雪に恨みはないが、アシフに臍《ほぞ》を噬《か》ませたい欲求は抑えがたかった。

サファドはアシフの杯に手《て》ずから酒を注ぎ足すと、カチリと自分の杯をぶつけ、もう何度目かの乾杯をした。

「今後ともせいぜい協力し合ってお互いの国を盛り立てていこうではないか、アシフ」

「そうだな」

アシフは杯を傾け、強い酒をこともなげに、まるで水のように飲み干す。いつ見ても小気味よい飲みっぷりだ。とてもではないが、アシフを酔い潰すのは無理だった。へたに飲み比べしていると、サファドの方が先に酔ってしまう。

脚つきのペルシャグラスを手元に置いたアシフは、軽く身を乗り出してサファドの体で阻まれていた向こう側を見通そうとした。竹雪が座っていたあたりを確かめようとしていることはすぐわかる。

「どうした?」

サファドは、アシフが誰の姿を探しているのか百も承知しておきつつ、空惚《そらとぼ》ける。

「いや……」

「竹雪か？」

いったんは邪魔をしておきながら、サファドは自分から先に竹雪のことに触れた。

ここでサファドが竹雪の話題を避けるのは不自然だ。聡いアシフは何か不審を感じるに違いない。

おりしも、広間の出入り口にルカイアが姿を現し、こちらに向かって近づいてくるのを目の隅で捉えたところだった。サファドは絶妙のタイミングに「ふふん」と満足する。

竹雪かと聞かれたアシフは否定こそしなかったが、そうだとも答えない。昨晩のことでまだ二人がぎくしゃくしたままだということはサファドも知っている。アシフも意外と根に持つ男だ。いや、こと竹雪に関してだけ、愛情が深いゆえに心配も大きくなり、つい怒ってしまいがちになるのかもしれない。

「さっきまでいた場所に見当たらないようだ」

自分のことにばかりかまけて竹雪から目を離したことを悔やむようにアシフが呟いた。

「手洗いにでも立ったのではないのか？」

「……」

アシフは今ひとつ納得しきれぬ顔つきで黙り込む。

「やっぱり離れていると竹雪が気にかかるか？」

サファドはあえて首を動かさず、竹雪の不在を確かめぬまま、アシフを冷やかすようなことを言った。

「たとえ酒は飲めなくとも、竹雪も成人した立派な男なんだから、そう過保護にしなくてもいいだろうに」

「べつに俺はそんなつもりはない」

「なに。おまえがどれだけあの子を大切に思っているのか、俺にはよくわかる。こっちが恥ずかしくなるほど仲がいいのを見せつけてくれるからな」

「適当なことを。いつ俺がきみの前でそんなことをした？」

「昔からおまえを見てきた俺だけがわかる勘みたいなものさ」

「……きみは、その勘を働かせる相手を、もっと他に探すべきだ。いや、思い当たるべき、と言った方が正しいかもしれないいな」

アシフは迷惑そうな顔をして、サファドに反撃するかのように、よけいなお世話だと突っぱねたくなる言葉を返してくる。サファドはとりあわずに聞き流した。

さっきからずっと間合いを計っていたサファドは、ここでようやく右手を振り向くと、たった今気がついたかのごとく、「ああ、ルカイア」とすぐ間近まで来ていたルカイアを呼び寄せた。

目と目を合わせた瞬間に、サファドはルカイアから、竹雪をうまくハーレム内に閉じこめてきたという無言の報告を受け取った。

ルカイアは相変わらず感情を窺わせない、静かで淡々とした表情をしている。それでも、あまり晴れやかな気分でないのが、サファドにははっきり見て取れた。ルカイアの本心は常にベールに隠されていて定かでない。面倒が嫌いなサファドは、これまでその覆いを剝がそうと試みたことがなかった。無理に本心を知らなくとも、ルカイアが有能で忠実な部下だということは確信できていたので、二人の関係上サファドにはそれで十分だったのだ。

「ルカイア、竹雪の姿が見当たらないようだが」

アシフに代わってサファドはルカイアに神妙な調子で聞いた。すべてを見通している人間がその場にいたなら、さぞや滑稽な猿芝居だと思ったことだろう。

「竹雪さんでしたら、お手洗いでございます。頃合いを見計らいまして私がお迎えに上がりますので、ご心配には及びません」

「だそうだ、アシフ」

サファドは横で聞き耳を立てていたであろうアシフに、そのまま話を振った。

「そうか」

もう少し疑ってかかるのかと思いきや、アシフは案外簡単に納得した。

ルカイアの言葉なら信用していいと思っているのだろう。ルカイアは人当たりが柔らかく、感じのよい男だ。誰に対しても友好的で無害そうな雰囲気を醸し出してもいる。ルカイアに悪意があると考えるのは、よほどのひねくれ者だけだろう。本来のルカイアはまさしくその通りの人間だ。ときにサファドがその信条を曲げさせ、自分に益をもたらすように行動させているだけのことで、基本的には、優しくて思いやり深い男だった。だからこそ、今もいささか不機嫌なのだ。

サファドの命は絶対と承知していながら、持ち前の誠実な気質が疼き、辛いのだろう。サファドもルカイアには無理を強いて悪いと思うのだが、今度ばかりは辛抱してくれと願っていた。その代わり、あとでいくらでも宥めて可愛がってやるつもりだ。

「安心したならもっと飲め、アシフ」

サファドは手にした酒瓶を振ってみせ、続けた。

「こいつは空だが、すぐに新しい酒を持ってこさせる」

そこでサファドはもう一度ルカイアに顔を戻し、素早く目配せした。

「俺の秘蔵の酒を持ってきてくれ」

「畏まりました」

ルカイアはほとんど物音を立てず、しずしずとその場を離れる。

「アシフ。竹雪が戻ってきたら、彼もここに連れてこさせよう。それならおまえも気兼ねなく俺と杯を交わしていられるだろう？」

「いくら気にならないと強情を張って否定したところで、きみはいっこうに信じそうにないな」

「信じられんね」

サファドの即答に、アシフはふっと諦めたような溜息をつく。

酒を取りに行かせたルカイアが戻ってきたのは三分ほどしてからだ。

サファドはとっておきの酒が入ったクリスタルのボトルを受け取ると、そのままルカイアに竹雪を迎えに行くよう命じた。

「悪いな、ルカイア」

アシフも言葉を添える。

「畏れおおいお言葉でございます」

ルカイアはいつもより幾分早口に言って深々と頭を下げた。良心の痛みを感じたのだろう。そのまま素早く踵を返す。

サファドは届けられたばかりの酒でアシフの杯と自分の杯を満たした。

「俺の秘蔵の酒だ。飲みながら待っていれば、じきにルカイアが竹雪をここに連れてくる。そうしたら、気兼ねなく膝の上でもどこにでも座らせて可愛がるがいい。もう誰も彼もできあがっているようだから、体面を気にする必要はないだろう」

「そう俺をからかうな、サファド」

竹雪のことになると他の場合とは違い、返事一つするにも切れ味が鈍るらしい。アシフはいかにも不器用に答えて顔を顰める。

「まぁ飲めよ、殿下」

サファドはアシフの照れに付け込んで、もう一度強く酒を勧めた。

間が保たなくなっていたらしいアシフは躊躇わず杯を口にする。

アシフの喉仏がゴクリと上下するのを見届けたサファドは、心中でしてやったりと笑った。

こうも容易く計画通りに事が運ぶとは思わなかった。

しっかり者のようでいて、アシフもまだまだ甘いところがある。サファドを学生時代の友人として信頼してくれるのは誠にありがたいことだが、どんなに親しい人間であれ、常に裏はないのかと疑ってかかることも、上に立つ身には必要だ。

ぐらり、とアシフの体が大きく傾ぐ。

あらかじめわかっていたサファドは、ごく自然な動作でアシフの体を引き寄せ、自分の肩に凭れさせた。

「アシフ殿下……！　へ、陛下、大丈夫でございますか？」

隣にいてハディージャとの語らいに熱中していたらしいツルフ宰相が、アシフの異変に気づいて慌てる。

「なに、問題ない。俺が少し飲ませすぎただけだ」

サファドは心配げなツルフを遮ると、アシフの瞼がしっかり閉じられていることを確認し、「ルカイア！」と声を張り上げた。

いったん姿を消していたルカイアが柱の陰から音もなく現れる。

「殿下を頼む」

「畏まりました」

ルカイアは相変わらず無表情のまま、サファドに凭れていたアシフの体を支え直す。

強い睡眠薬であっという間に眠り込んだアシフをルカイアに任せ、サファドはすっと立ち上がった。

するとすぐに楽の音が止み、妖艶な踊りを披露していた踊り子たちはその場に平伏《ひれふ》した。

「宴《えん》もたけなわだが、今宵はこれでいったん中締めだ」

広間中に通る声で告げる。

居並ぶ人々は緊張して畏まり、深々と頭を下げたまま一言も発せず、サファドの言葉を聞いている。

「俺はこのまま退席させてもらうが、皆は今しばらく好き好きに無礼講で愉しむがよかろう。女たちもたまの息抜きだ、遠慮せず歌や踊りに興じるがいい」

サファドは以降の仕切りをツルフに一任する旨言い添え、皆が平伏したままの中、悠然とした足取りで広間を通り抜けた。

目の隅でちらりと確かめたアシフは、ピクリともせぬままルカイアの細い腕にしなだれかかって瞼を閉じている。特製の睡眠薬は明日の朝までアシフを深い眠りの中に落とし込ませているだろう。

ルカイアの指示でやってきた宮廷役人二人が、意識のないアシフの傍らに膝を突き、ベッドまで運ぶ手伝いをするのがちょうど目に入る。

それを見届けたサファドは、揚々とした足取りでハーレムへと向かった。


しばらくこちらの部屋でお待ちください、とルカイアに言われ、豪奢な部屋にひとり置き去りにされてしまってから、かれこれ三十分ほどが過ぎた気がする。

着替えをした際に腕時計を外してしまったので、はっきりしたことがわからないのが、尚のこと不安を煽る。

今さらながらに、またもやアシフに無断で勝手なことをしている決まり悪さが出てきて、やはりこのまますぐ広間に戻ろうかと、弱気な気分になりかけていた。

試しにドアのところまで行き、ノブを触ってみたのだが、どういうわけかルカイアは鍵をかけていったらしく、扉はビクとも動かない。

昨晩迷子になった竹雪を心配して、ヘタに出歩いたりさせないために施錠していったのだろうか。

ここは通常ならば男子禁制の女の園だ。

うっかり外に出て、誰かに見咎められでもした挙げ句、男だとばれれば大騒ぎになる。

また、万が一誰かがこの部屋を覗きに来ても、まずいだろう。

あれこれ考えていると、鍵をかけられたのは納得のできる事のような気がしてきた。一瞬緊張し、強張った体から力が抜ける。

——それにしても。

「まだかな……、ルカイア」

女物の衣装を纏った我が身を見下ろし、竹雪は心許なさと焦燥《しょうそう》で胸を苦しくしながらぼやく。

続けて深い溜息が溢れ出た。

ここは現在誰にも使われていない空《あ》き室《べや》らしいが、どこを見渡しても目を瞠《みは》らずにはいられないほど美麗かつ広々とした居室だった。いかにも女性のために整えられているのだとわかる、柔らかで優雅な、白を基調とした家具調度品。中でも圧倒的な存在感を放つのが、中央に置かれた大きな天蓋付きのベッドだ。皺《しわ》一つなくメイクされており、いつでも使えるように準備されている。そして驚くのが、主もないのにあちらこちらに配された美しい生け花の数々だ。赤や白、黄の美しい薔薇、可憐なアマリリス、大輪のカサブランカなどといったように、見事に花開いた温室咲きの花がいくつも飾られている。そのせいか、部屋の中には気品のある花の香りが満ちていた。

「……まるで、今夜僕がここに来るのをわかっていたみたいだ」

手近のテーブル上にある白一色で纏められた花々を眺めつつ、竹雪はふと呟いた。漠然とそんなふうに感じたのだ。

広い部屋中を見渡しても、時計は一つも置かれていない。

いったい今何時なのだろう。

アシフはまだ年上の従姉との話に、目を細めて興じているのだろうか。

「あああ。やっぱり、あのまますぐに戻ればよかった」

やるせなさいっぱいに竹雪が心境を吐露したときだ。

がちゃりとドアノブの鳴る音がした。

竹雪は反射的に振り返る。

「ルカイア？」

やっと来てくれた！

まずそう思った。

しかしながら、両開きの重厚な扉を開いて入ってきたのは、なんとサファドだ。宴席にいたときと同じに国の正装をしたままで、こうして一対一になると、威風堂々たる態度に気圧されかける。

「へ、陛下……」

なぜここにサファドが？

あまりにも予想外の成り行きに竹雪の頭は混乱し、筋道を立てた思考がいっさいできなくなった。

「やはりここにいたか」

動揺する竹雪に、サファドは屈託なく笑いかけてくる。

どうやらサファドは竹雪がハーレムの中にいることに対し、驚いたり怒ったりしてはいないらしい。

竹雪は張り詰めていた体を、じわじわと緩めていった。

ルカイアの言っていた通りだ。サファドは確かに、今晩に限り竹雪がハーレムに立ち入ることを許可してくれているふうである。

「すみません……あの。ルカイアにここで待っているように言われて……。あの、でも僕、本当に入ってきてよかったんでしょうか……？」

「もちろんだとも」

サファドはずいぶん機嫌がいいようだ。にっこり笑って頷く顔が、楽しくてたまらなさそうに輝いている。

「俺がきみをここに招待したのだ。竹雪、この部屋は、ハーレムの中でも特別の部屋だ。実は、将来の正妃が使う部屋なのだよ」

「えっ？」

そんな大層な部屋とは露知《つゆし》らなかった。竹雪はにわかに、先ほどとは別の意味で緊張する。

竹雪がどぎまぎして立ち尽くしている間に、サファドは大股で竹雪の目の前まで迫ってきた。

「竹雪」

サファドは竹雪の肩に手を置き、いきなり顎に指をかけて顔を上向かせた。

不意打ちに遭った驚きで、竹雪はあっ、と小さく悲鳴を上げた。

「想像していた以上に美しい。俺の選んだ衣装がよく似合う」

「あ、あの……！」

突然のことにどう返事をしたらいいのかまるで考えつかない。

竹雪はサファドにされるまま、ひたすらに身を硬くするばかりだ。

このときまでは竹雪も、サファドに何か下心があろうとは思いもしていなかった。ただ、こんなふうに馴れ馴れしく体を近寄せ、触れてくるのは、バヤディカでは当たり前の流儀なのだろうかと訝ったただけだった。

「綺麗だな、竹雪」

サファドは魅力的な顔を、竹雪の耳朶に息がかかるほどにまで持ってきて、背中の産毛《うぶげ》がぞくりとするほど艶っぽい声で囁く。

「ご、ご冗談ばかり……」

「冗談なものか」

耳元で囁くように喋られるたび、竹雪は官能を刺激され、次第に高ぶらされる。

どうしよう。困る。こんなとき、どうすればいいのだろう。

もっと距離を置きたい。でなければ変な気分になってしまいそうだ。

だが、相手が一国の王だと思うと、緊張して体が動かない。

まさか突き飛ばすわけにはいかないだろう。肩に置かれた手を振り払うのも申し訳ない気がする。そんなことをすればサファドは無礼だと怒りだすかもしれない。

本当に、どうしよう。

竹雪はすっかり頭を混乱させ、困惑していた。

「こうして女装していれば、この中で暮らしていても、本気でわからないかもしれないな」

「そんなわけ、ないと思いますけど。今夜はたまたまこの中にほとんど人がいなかったみたいなので誰の目にも止まらずここまで入ってこられましたけれど、普段はとても無理でしょう」

「なに。俺が通ってくるのをきみは部屋に籠もってじっと待っていればいいのだ。表に出る必要などないのだから、ばれる心配もない」

「ははは」

これもまたサファドの冗談なのだろう。竹雪はそう信じることにして、乾いて引きつった笑いを洩らした。

「それで、あの、もしかすると陛下ご自身が、僕にハーレムの内部を案内してくださるわけですか？」

なんだか雲行きが怪しくなってきたように感じた竹雪は、話を元に戻し、思い切った質問をサファドに向けてみた。ルカイアがいつまで待っても戻ってこないところをみると、それもあり得なくはないと思えてくる。

現実に立ち返ったかのようなこの質問が功を奏したのか、際どい距離まで身を寄せてきていたサファドがゆっくりと身を引き、二人の間に適度な間を作る。

おかげで竹雪はずいぶん気が楽になった。

「姫君には、この部屋だけでは満足していただけなかったか？」

「僕はもっと他の場所も見せていただけるのかと思ってこんな格好にまでなったんです」

サファドが茶化したセリフを口にしたのにつられ、竹雪もようやく持ち前の性格を発揮し、サファドを相手に大胆な発言をした。

「どこもここも似たようなものだよ、竹雪。むしろ、この部屋を見た後では、どこを見てもたいしたことはないと感じるだろう」

宥《なだ》めるような調子でサファドは言って、再び竹雪の腕を取ってきた。

「それより、少し俺と話をしてくれないか」

またもや間近に顔を寄せてきて、意志の強そうな灰色の瞳でひたと見つめられると、竹雪もそうそうサファドを邪険にするわけにはいかなくなった。

サファドの目には有無を言わせない力が宿っている。

「いいですけど」

竹雪は渋々ながらにも頷かないわけにはいかなくなり、「こちらへ」と手を引かれるままサファドについていく。

サファドが向かう先には、幾重にも布がかけられた天蓋付きのベッドがある。

気づいた途端、竹雪は「あ、あのっ！」と上擦った声を上げ、その場に立ち止まった。

「どうした、竹雪？」

しっかりと竹雪の腕を掴んだまま、サファドが首だけ捻ってこちらを見る。

竹雪はその目を見て、背筋が凍りつくような思いを味わった。

鋭く光るサファドの灰色の瞳。

――怖い。

竹雪はぞくりとした。

じっと見据えられると、ヘビに睨まれた蛙《かえる》のように動けなくなってしまう。

鋭いのはいつものことだが、今はそれとはべつの、淫靡な興奮の色が浮かんでいた。

まずい。

本能でわかる。

わかったと同時に竹雪はサファドから一刻も早く逃れなくては、と腕を引いて抗い始めた。

「放して。放してください、陛下！」

「おっと」

身動いだところを、すかさず腰に腕を回され、逆に引き寄せられる。そのまま力強く抱き竦められた。

竹雪は硬い胸板を拳で叩き、

「いやだ……！」

と叫んだ。

帯で窮屈に締め上げられた体は、こんなときなかなか思うように動かせない。足で相手の臑《すね》を蹴ろうとしても、薄い絹の布地が絡みつき、ままならなかった。

「急にどうしたんだ。何をそう怯《おび》えることがある？」

この状況をサファドは完全に愉しんでいた。声と表情には揶揄が含まれ、竹雪の抵抗をものともせずに阻む態度には余裕が満ちている。

たいして抵抗してもいないのに、竹雪はあっという間に息が上がり、冷や汗まで出てきた。動《どう》悸《き》も激しくなった。

「お願いです、陛下！　悪ふざけはやめて……、放してくださいっ！」

力では太刀《たち》打《う》ちできないとなれば、後はもう言葉で頼んで聞いてもらうしかない。

竹雪は必死でサファドに哀願する。

「こんなことをして、アシフが知ったらどうなると思うんですか。僕と殿下のことは、とうにご承知なんでしょう？」

「無論だとも」

「だったら！」

「竹雪」

サファドはアシフの名を出してもいっこうに心を変える気配もなく、竹雪の両手首をそれぞれきつく摑み取り、ぐいと自分の方に引き寄せる。

「あっ……！」

反動で竹雪はよろけ、ドレスの裾を踏んで転倒しそうになった。

ベールを被った頭ごとサファドの厚い胸に突っ伏してしまう。

「ただ話をしようというだけで、これほど嫌がられるとは。心外だな」

「だって、……ベッドに連れていこうとするから！」

竹雪は体勢を立て直すより先に顔だけ上げ、体《てい》のいいセリフを吐くサファドを睨んだ。

室内には椅子はいくつでもある。応接セットまで備えられているのだ。それにもかかわらずベッドに行くのは、下心があるからとしか思えなかった。もしかすると、アシフから聞かされていたサファドの色恋沙汰に関する精力家ぶりが、多少は先入観としてあったのかもしれない。それにしても、嫌がっているのに無理強いする時点で、どんな言い訳も通用しないと思った。

「ふっ。本当にじゃじゃ馬なんだな」

顔に似合わず、とサファドは笑った。

大きなお世話だ。

竹雪はプイとそっぽを向く。耳まで熱く、憤りで顔が真っ赤になっているのが自分でもわかった。

そんな竹雪の顎を取り、サファドが強引にまた自分の方に向かせる。

「……っ、やめてください！」

竹雪の怒りの言葉を無視し、サファドは自信たっぷりに嘯《うそぶ》いた。

「それほど俺に抱かれることを期待しているのなら、応えてやらないわけにはいかんな。いいだろう、竹雪。きっと俺がアシフよりも満足させてやる」

あまりの厚かましさに、竹雪は呆れた。

そんなこと、誰も頼んでない！

竹雪は迂闊《うかつ》にもこんな場所に来てサファドの手に堕ちた自分を呪い、泣きそうな気持ちになってきた。

「ルカイア、どこ？　助けてよ、ねぇ、ルカイア！」

突如、あらん限りの声で叫びだす。

きっと叫び続けていれば、そのうちルカイアが、救いに来てくれると信じたのだ。サファドの

信頼を一身に集めているらしい側近のルカイアならば、必ずサファドを諫《いさ》めてくれるだろ

だが、それもサファドに「はっはっは」と面白そうに笑い飛ばされた。

「ルカイアなど呼んでどうする？　あの男は俺の言葉にしか耳を貸さないぞ。第一、ここに置き去りにされたのも、ルカイアの意思だと思うのか？」

そんな、と竹雪は愕然とした。

ルカイアまで荷担しているとは信じたくなかった。しかし、ちょっと冷静になって頭を働かせてみれば、そんなことは一目瞭然だ。ここの主はサファドなのである。

「アシフ！　……アシフ！」

竹雪はサファドの腕の中で必死に踠《もが》きながら、ついにアシフの名を呼んだ。

一度声にした途端、堰《せき》を切ったかのように助けを求めて叫び続けてしまう。

恥も外聞も、意地もない。

竹雪にはアシフがすべてだった。アシフ以外に頼れる人はいなかった。

「無駄だ」

サファドは薄笑いを浮かべながら竹雪の顔に自分の顔を近づけてくる。

キスされる……！

竹雪はぎゅうっと強く唇を引き結び、瞼もしっかりと閉じた。

「今頃アシフは深い夢の中だ。一度寝入ったら朝まで確実に起きられない強力な睡眠薬を盛らせてもらった」

「卑怯だ、そんなの」

キスの代わりの横暴な言葉に竹雪はキッと目を開き、今やすっかり敵のように思えてきたサファドの精悍な顔を、憤懣《ふんまん》いっぱいに見返す。

「きみが可愛いからいけないいんだ」

「嘘！」

竹雪は大きくかぶりを振った。

あなたが好きなのは俺じゃないでしょう、という文句が喉元まで込み上げていた。誰か他に具体的な人物を浮かべてのことではなかったが、少なくとも、口で言うほどサファドが自分に本気なはずがないことだけは賭けてもいいくらい断言できた。

「嫌だ、お願い！」

頭の中では、なんとかしてこの窮地を脱しなければという焦りが渦を巻いている。間違ってでもサファドと深い関係になるわけにはいかない。そんなことになれば、もう二度とアシフに顔向けができなくなる。嫌われ、愛想を尽かされるに違いないと思うと、悲しくて辛くてどうにかなりそうだった。浅はかで間抜けな自分自身に嫌気がさす。

「アシフ、アシフ、助けて！」

引きずられるようにしてベッドへと連れていかれるのに抵抗し、竹雪はありったけの声を振り絞った。

「本当にきみは往生際が悪いんだな」

ザッと天蓋を掻き分けながらサファドが呆れた声で言う。

「まぁ俺はそういうのも楽しみが多くて嫌いではないが」

言い返そうと口を開きかけた竹雪だったが、その隙もなく、いきなり立ち位置を変えられたかと思うと、次にはシーツの上に仰向けに押し倒されていた。

あまりの荒技に、ただでさえ混乱していた頭にますます血が上る。

「さぁ。もういいかげん諦めろ。きみは俺と寝て、他では得たこともない悦楽を知るんだ。なに、アシフには黙っていればわからない。二人だけの秘密だ」

のしかかられ、逃れられぬように押さえつけられた状態で、サファドは残酷に言い放った。

瞳が獲物を捕らえた獣のごとく光る。

竹雪は自分がどれだけ非力で頼りない存在なのか、まざまざと思い知らされる気持ちだった。

敵わない。

——でも！

ぎゅっと強く唇を噛みしめる。

口の中に微かに血の味が広がった。


屈強な男二人に丁重に抱え上げられ、部屋のベッドに寝かされたアシフは、睫毛の一本も揺らさぬほど深い眠りに堕ちているように見えた。

頭のカフィーヤとヤスマグ、そして丈の長い上掛けは、すでにルカイアの手で取り去られており、今は内側に着こんだ白地の衣装だけといった姿だ。

「ありがとうございます。もう下がっていただいて結構です」

「はっ。それでは失礼いたします」

ルカイアの言葉を受けた二人は、きびきびした動作で速《すみ》やかに退出する。

それを見送り、ほうっと複雑な心境が洩れるような溜息をついた後、ルカイアはアシフの傍らに戻った。

固く目を閉じたまま静かな寝息だけをたてているアシフは、普段の、こちらの背筋まで緊張させるような洞察力に満ちた目を向けるアシフとは別人のようだ。

じっと寝顔を見下ろしながら、ルカイアはまだ半信半疑だった。あれほど用心深いアシフが、よくまぁこれほど造作なく、サファドの思惑通りに強力な睡眠薬を混ぜた酒を飲み干したものである。いささかも疑わなかったのかと、訝しくなる。

ルカイアは静かにアシフの傍に屈み込んだ。

視線は整いきった顔から離さない。

アシフが目を閉じてくれていて心の底から助かった。疚しさでいっぱいのルカイアは、もし今ここでアシフの青い瞳を見たならば、たちまちその場に凍りつき、指一本動かせなくなるに違いなかった。ただでさえ、あの地中海を切り取ったような目には、気後れを感じているのだ。

「殿下。……アシフ殿下」

ルカイアはアシフの耳元で、声を低めて呼びかけてみた。

アシフは頬の筋肉の一筋さえもピクリとも動かさない。

どうやら完全に寝入っているらしい。

このままそっと爪先立って出ていけば、おそらくアシフは明日の朝まで起きないだろう。ルカイアは激しく逡巡した。

ルカイアの主はサファドだ。ルカイアはサファドに生涯忠誠を誓っている。それは貴族の嫡男として生まれた瞬間から自分に定められたことだと信じて、これまで生きてきた。

サファドは勇猛果敢で気性が激しく、喜怒哀楽の感情を豊かに持ち、強烈な影響力で国を引っ張る、若き王だ。普段は思慮深く、為政者《いせいしゃ》にふさわしい冷静な判断力に恵まれているが、ときおり、ふとしたところで呆れるほどの子供っぽさと無邪気な悪意を露にし、側近であるルカイアをひやひやさせる。ことに、隣国のアシフ皇子を前にしたときには、驚くほど意地っ張りになり、何かと競いたがるという困った一面を持っていた。

そんなサファドを、ルカイアは心底敬愛し、慕っている。

やれと命じられたことは、どんなことでもして仕える覚悟を決めている。

だが、さすがに今度のことばかりは……。正直、これまでにないくらい複雑な思いを噛み締めていた。

胸に渦巻く様々な気持ちを持て余しつつ、ルカイアはアシフの顔にそっと唇を近づけ、一文字に引き結ばれた乾いた唇に接吻しようとした。

さっき竹雪の唇に、「まじない」だと言って触れたときに感じた熱と柔らかな感触を、正体もなく眠っているアシフに返してやる気持ちだった。

自然と目を閉じたルカイアは、唇と唇が触れたか触れないかといったところで、いきなりシーツの上に置いていた左手首を鷲掴みにされ、驚愕のあまり心臓が飛び出しそうになった。唇からは「ひっ」という喉につかえたような悲鳴が出る。

一瞬何が起きたのかまったく理解できなかった。

傾がせていた身を反射的に引く。

と同時に、今度は右手首を素早く摑まれた。

「あ、あっ！」

「逃がさない、ルカイア」

冷徹な響きの、いつもと変わらないしっかりした声が、下からかけられる。次の瞬間には、アシフはガバッといっきに上体を起こし、ベッドの上で膝を立てていた。

「竹雪はどこだ？」

「殿下！」

ルカイアは怜悧な青い瞳で射殺すように見据えられ、瞬きするのもままならぬほど緊張して身を強張らせた。表面上は感情を乱した素振りは窺わせないが、アシフの眼差しは恐ろしかった。青白い焔《ほのお》が燃えさかり、シラを切って逃れようとすれば、躊躇なくその火で全身を焼き尽くされる、そんな怒気迫るものが感じられる。ルカイアはぞくりと全身を震わせた。

「どこだ、ルカイア」

あまりの迫力に気圧されてたじろぎ、口を開くこともままならなくなっているルカイアを、アシフは容赦なく追及する。

肩の関節が抜けるかと思うほど強い力で手首を引かれ、ルカイアはよろけてバランスを崩し、アシフの膝に倒れ込みそうになった。

慌てて身を起こしかけたが、思いがけず頭を覆った布を引き剝がされ、息を呑んで固まった。普段は隠されている髪が露になる。ルカイアにとっては考えられない事態だ。頭の中が真っ白になり、思考が止まる。場合が場合なので憤るどころではなかったのだが、通常であれば許し難い屈辱だった。

あまりのことにルカイアが茫然としていたのは、時間にすればほんの数秒のことだったはずだ。その隙にアシフはルカイアの両手首を一纏めにし、左手一本でやすやすと捕らえ直していた。不覚にもルカイアは、右手でぐいと顎をあげさせられたとき、ようやくそれに気づいた。アシフの動きにはいっさい無駄がなく、いかにもこういった荒事の場数を踏んできたような余裕が感じられる。ルカイアの歯の立つ相手ではないことは明白だった。

「お酒を……お召し上がりにはならなかったのですか……」

「どうせこんなことだろうと予測していた。サファドの『特別』は昔から眉唾《まゆつば》のことが多い。俺は飲んだ振りをしただけだ。しばらく口の中に含んでおき、倒れ込んでみせたとき、こっそりサファドの杯に吐き出した」

「さすがです。アシフ殿下」

鋭利な刃物のように底光る碧眼《へきがん》に見据えられ、ルカイアは視線を逸らすこともできずにいた。淡々とした口調で会話をしているように見えても、実際は心臓が破裂しそうなほど鼓動は速くなり息苦しさを覚えている。

「もう一度聞く。竹雪はどこだ。女たちの留守をいいことにハーレムにでも連れ込んだか？」

この期に及んで沈黙したままでいればただではすまさない、といわんばかりの強い調子でアシフに問われ、ルカイアはこれ以上抗えなかった。

「……はい」

その通りです、とアシフの推察を認める。

いくらシラを切っても無駄だという諦観もあったが、元々今度の件に関しては、サファドに従いきれない気持ちを抱いていたのも事実だ。

竹雪の身に不本意なことが起きないように、などと言って呪《まじな》いめいたことをしたのも、半分は本気だった。なけなしの良心が疼いたのと、サファドの寵を受ける竹雪に嫉妬した挙げ句の、複雑に歪んだ感情がさせたことだった。

「なるほど、悪ふざけ好きのサファドが考えそうなことだ」

アシフは顔を顰めて呟くと、ルカイアを睨んで、

「案内しろ」

と言い放つ。

同時に、どこかに隠し持っていたらしい紐状のものが、目にも留まらぬ速さでルカイアの首に巻きつけられた。

カーテンを束ねるのに用いる、絹でできた房付きの組紐だ。

「で、殿下……！」

いつもはほとんど取り乱すことのないルカイアだが、これには蒼白になり、覚束なげに声を上擦らせた。

「素直に俺の命令を聞けば無茶はしない。しかし、俺が十分本気だということ、今、これ以上ないほど腹を立てているのだということは、肝に銘じておいてくれ」

しっかりと右手で紐の両端を握り込んだアシフが冷たい声音で言う。

「わかり、ました……」

ルカイアはごくりと喉を鳴らしていた。

アシフが素早い身のこなしでベッドから下りる。

首に回された紐を握られたルカイアも、アシフの動きに従って身を動かした。

大股に歩くアシフの後を速歩でついていきながら、ルカイアは、いっそこの組紐で絞め殺された方がサファドに対しても面目が立ち、楽なのではないかとすら考えた。

しかし、あたかもそれを見越したかのように、

「くれぐれも変な気は起こさないことだ」

とアシフに釘を刺され、やはり敵わないと思い知らされたのだった。


ベッドの上でサファドに押さえ込まれた竹雪は、必死の抵抗を続けていた。力ではとうてい敵わぬとわかっていても、じっとおとなしくされるままになっているわけにはいかない。

「嫌だ、嫌だってば！　どいてよ、サファド！」

両腕を突っ張ってサファドの頑丈な肩や胸板を押し上げ、足をバタバタと動かして暴れる竹雪を、サファドは不敵な笑みを浮かべて見下ろす。

竹雪の腰の上に身を置き、体重をかけて逃れられないように組み敷いた後、サファドはゆっくりと頭に被っていた布を取り去った。これから先はいよいよお楽しみの時間だ、と印象づけるようで、竹雪はさらに動揺した。

「僕なんか抱いたって面白くも何ともないのに！」

「それは俺の決めることだ。きみが心配することではない」

竹雪が何を言ってもサファドは聞く耳を持たず、ぬけぬけと返す。

「確かにきみは俺の好みからは少々外れるが、あのアシフを虜《とりこ》にしたというだけで十分に味見してみる価値がある」

「何それ！　ああもう全然わからない！」

竹雪は尋常でないサファドの考えについていけず、癇癪を起こして首を大きく左右に振った。男なのになぜこんな目に遭わなければいけないのか。まさかサファドが自分の体を狙っていたとは想像もしていなかった。

「酔狂だよ、絶対」

「なに。それほど卑下することはない」

拳であちこち叩いたり、間近に寄ってくる顎を押し上げて遠ざけようとしたりといった抵抗は常にしているが、サファドは歯牙《しが》にかけず、ビクともしない。捕らえた獲物の生きのよさを、上機嫌で面白がっている。

サファドの腕が伸びてきて、竹雪の顔や頭を隠していたベールを剝ぎ取る。

鬱陶しかったものが外されてホッとしたのも束の間、サファドに頬を撫で上げられ、竹雪はビクッと顎を震わせた。

「きみはなかなか綺麗だ。仕込めば艶も出てくるだろう。俺と秘密のレッスンをしてアシフをもっと悦《よろこ》ばせてやるのはどうだ？」

耳元でろくでもないことを提案してくる。

吹きかけられた熱い息に竹雪はぞくぞくした。体の芯が痺れ、疼く。

これが色恋沙汰に慣れたサファドの遣り口なのか……。竹雪は陶然となりながら思い、取り込まれては負けだと頭の中で自分自身に警告を発した。

「そんなことしなくたって、アシフはきっと今の僕に満足してる」

なけなしの虚勢を張る竹雪を、サファドはクククッと皮肉げに笑う。

「さてどうだろうな？　きみの言葉を納得するには、昨夜先ほどまで、アシフがきみに取っていた素っ気ない態度はどういう理由からなのか、考えるところだ」

「……それは……」

竹雪は痛いところを突かれて黙り込む。

アシフが竹雪の子供じみた好奇心、わがまま、気まぐれにいささか閉口していたらしいのは、竹雪自身も薄々気づいていた。うんざりするとまではいかなくとも、きっとよくは思っていないだろう。もっと落ち着いて、スマートな大人の恋愛を楽しみたいのではないか、そうアシフの本音を推察してもいた。

「実のところ俺は、あいつはもう少し大人びて理知的な相手が好みなのかと思っていたよ」

サファドはさらに竹雪に追い打ちをかけることを遠慮会釈もなく言った。

否定できなくて、竹雪はぐさりと胸が傷ついた。

「俺がきみに大人の恋を手ほどきしてやろう」

気落ちしたところに付け入るようにサファドは続け、竹雪の首に顔を埋めてくる。

首筋に唇が這わされ、油断のならない指先がスタンドカラーの襟元に伸びてきて、留め具を外しにかかる。

「いやっ、やめて！」

竹雪は唇の粘膜が触れる感触に生理的な嫌悪を感じ、サファドから逃れようと夢中で手足を動かした。

なんとかしてここから逃げなければ。

頭の中にはその考えしかなかった。

ずっしりとサファドに体重をかけられている上体も、あらん限りの力で捻《ひね》ったり浮かせたりして身動がせる。

「おい、おい、もういいかげんにしないか」

サファドは真剣に抗う竹雪を封じるのに少なからず手こずり、忌々しげに舌打ちする。

「初めてでもなかろうに、いつまで勿体ぶれば気が済むんだ」

「嫌だ！　ばか、放してよ」

アシフ以外の男に体を開くなど、想像するだけで怖気《おぞけ》が走る。いくら相手が一国の王でも例外ではない。サファドのことは、魅力的な男だと思っているが、だからといって抱かれる気にはなれなかった。

「僕が好きなのはアシフだけだ。アシフ以外、知らなくていい！」

「くそっ」

とうとうサファドも、いつまでも下手に出て竹雪が諦めるのを待つ余裕を失ったようだ。

いきなり竹雪の衣服に手をやると、引き裂かんばかりの勢いで胸をはだけさせる。

竹雪は驚愕して目を瞠ったが、すぐにまた「放して、放して！」と悲鳴に近い声を上げて叫び続けながら、むちゃくちゃに手足をばたつかせた。

爪を立ててサファドの頬に傷をつけ、首を擡げて二の腕に噛みつく。

逆らえば逆らうほど押さえつけるサファドも高揚してきたらしい。灰色の瞳が爛々《らんらん》と輝き、興奮の大きさを知らしめる。

男二人に揺らされるベッドの軋む音が、優雅で美しい室内に響く。

「お願い……放して！」

ついにサファドに両腕を押さえられ、抵抗を封じられた竹雪は、荒々しく息をしながら縋るようにサファドに哀願した。目の際に涙の粒が浮き上がる。

「さあもう観念してもらおうか」

やはり息を切らし気味になっているサファドが、竹雪の言葉を無視し、ぴしゃりと言った。

どうあっても竹雪を解放する気はないらしい。

竹雪は絶望に目の前が暗くなりかけた。

「遊びはもう終わりだ」

サファドが無情にも宣言したとき——。

「その通りだ」

返事は予期せぬ方向から鋭い調子で飛んできた。

「遊びの時間は終わりにしてもらおうか」

出入り口の扉の方からだ。

「なにっ」

サファドがバッと振り向く。

竹雪も可能な限り首を浮かし、上体を起こしたサファドの体の隙間から声のした方を見て、目を丸くした。

「ア、アシフ……!」

「竹雪から離れろ、サファド！」

いつの間にか扉が開いていて、アシフがそこに立っている。

「おまえ、どうして！」

サファドの声には、まさかあり得ない、という驚愕が如実に出ている。

アシフはじっとこちらを睨み据えたまま、ゆっくりした歩調で室内に入ってきた。

態度こそ平静さを欠いてはいないが、全身に纏った怒りのオーラは、涙で曇った竹雪の目にもはっきりと感じられた。

つい今し方まで「助けに来て」と懇願し続けていたアシフの姿に、竹雪は安堵と共に恐れを覚える。アシフの怒りの矛先《ほこさき》がどこを向いているのかを考えると、どうやら助かったらしいことを手放しでは喜べない。あらためて自分のした軽率な行動を呪いたくなってきた。

強力な睡眠剤で今頃は夢の中だ、とサファドに絶望させられたはずのアシフだが、こうして見ると眠気のかけらも窺わせず、いつも以上に毅然としている。

おまけにアシフは、背後にルカイアを従えてきていた。

ルカイアはカーフィアを外しており、緩やかにウエーブのかかった美しい茶色の髪が露になっている。少し長めの前髪は、汗で額に張りついているようだ。表情は青白く、苦しげだ。普通の状況でないことは一目瞭然だった。

驚いたことに、ルカイアの細い首には、カーテンを束ねる絹の組紐のようなものがしっかりと巻きつけられていた。紐の先はアシフの手に握られている。

「ルカイア！」

サファドがギョッとしたように叫んだ。

「……申し訳、ございません……」

不様な姿を晒していることを恥じ入るように、ルカイアは俯きがちになったまま小さな声で謝る。

「どういうつもりだ、アシフ！」

サファドは声を荒げて噛みつかんばかりにアシフに抗議した。顔色はルカイア以上に蒼白になっている。間近で見ていた竹雪は、サファドの顔から血の気が引く音が聞こえたような気がした。

「見ての通りだ」

アシフは淡々と、一歩も退かぬ調子で冷徹に返す。

「俺に一服盛ったつもりだったかもしれないが、あいにくだ。俺はそこまでお人好しではなくてな。時と場合によっては、旧友のきみの言葉であっても疑ってかかることが必要だと、過去の出来事から学んでいる。さぁ！　速やかに俺の言うことを聞かないと、おまえの大事なルカイアの喉にこの紐が食い込むぞ」

「やめろ！　ばかなまねをするな！」

間髪《かんはつ》容《い》れずにサファドが怒鳴る。狼狽が声に表れていた。

「最初にばかなまねをしたのはきみだろう」

「……くそっ！」

サファドは瞬間言葉に詰まり、激しく首を振った。よもやこんな形で形勢が逆転するとは夢にも考えなかったようだ。

「卑怯だぞ、アシフ！」

「きみがそれを言うとは笑止だな」

アシフは真っ向からサファドと対峙《たいじ》する決心をつけてきた様子で、まったく怯《ひる》まない。

「ルカイアを無事に返して欲しければ、今すぐ竹雪から離れろ」

アシフの脅《おど》しに、サファドはギリリと音がするほど強く歯噛みし、舌打ちする勢いで「くそっ！」ともう一度吐き捨てた。アシフに向けてというよりも、自分自身に向けて吐いた悪態のようだった。

サファドが竹雪の上から身をよける。

重くのしかかってきていた体重が外れ、竹雪はいっきに楽になった。

「行け！」

サファドは竹雪から顔を背けたまま、いかにも憎らしげに言う。

竹雪は最初はじわじわとベッドから足を下ろしていたのだが、素足が床に着いた途端、弾かれたような勢いで、足を縺らせながらアシフの元に駆け寄っていった。

このときばかりはアシフの怒りを気にすることなど、綺麗さっぱり頭の中から消えていた。

「アシフ！」

「竹雪」

アシフが腕を伸ばし、竹雪を迎えてくれる。

竹雪はその腕にしがみついた途端、長い衣装の裾を踏みつけ、その場にべたっと両膝をついて倒れ込んでしまった。

「ほら、それでいいだろう。アシフ、おまえもルカイアを俺に返せ！」

「その前に、もう二度とこんなまねはしないと誓え」

「ああ、ああ、誓う。アラーの神に誓って約束しよう。頼むからアシフ、俺のルカイアを放してやってくれ！」

「……陛下」

ルカイアが驚きに目を瞠る。

自分のためにサファドがここまで折れるとは思ってもいなかったようだ。

アシフは握り込んでいた紐をひと引きし、ルカイアの首に掛けられていた紐を外した。まるで手品のように鮮やかな手つきだった。

「ありがとうございます」

指先でそっと喉元に触れつつ、ルカイアはアシフに向かって深々とお辞儀した。

ルカイアが顔を上げた際、竹雪は気になって首を確かめたが、紐を掛けられたせいでついたと思しき痣《あざ》や傷は一つも見当たらず、ホッとした。

こんなことになっても、竹雪はルカイアを恨む気持ちにはならなかった。

ただ、自分の思慮のなさ、腑甲斐なさが悔しいだけだ。

「竹雪さん」

すみませんでした、とルカイアが苦渋に満ちた目をして竹雪にも頭を下げる。

気にしていないことを告げたかったが、咄嗟《とっさ》に声が出なかった。

「ルカイア、来い。何をぐずぐずしている！」

サファドが苛々したように声をかけてきたため、ルカイアはそのまま二人の傍を離れ、ベッドの横に立っているサファドの元に小走りで移動した。

「このばかが！」

竹雪が見ていると、サファドはルカイアの手を取るなり自分の懐に引き寄せ、包み込んで守るように抱き締めた。

なりふり構っていられず、情動のままそうしてしまったようで、竹雪の胸まできゅんと熱くなってしまった。

なんだ、実はそういうわけなのか。遅ればせながら気づく。

自然と笑みがこぼれた。

「竹雪」

頭上からアシフの声が聞こえ、竹雪ははっとして我に返る。

そうだった。今は他人のことにかまけているときではなかったのだった。

おそるおそる振り仰いでみたアシフの顔つきは、忌々しさと安堵と嬉しさがごちゃ交ぜになったような複雑さだ。

心配させたのだとわかる。

過ぎるくらい愛されていることも、わかった。

「アシフ」

竹雪は心の底から湧き出てきた歓喜にじっとしていられなくなり、アシフの首に両腕を回すとぎゅうっと抱きついた。

アシフも力一杯竹雪を抱き締めてくれる。

「ごめん。……ごめん、アシフ」

もしアシフが助けに来てくれなかったなら今頃どうなっていたことか。竹雪は後悔に涙した。アシフの白い衣装の胸にシミがつく。

アシフは竹雪の後頭部の髪を繰り返し梳《す》き上げて愛撫しながら、静かに言った。

「おまえから目を離すと、ろくな事にならないな」

「……だって」

「何がだってだ。甘やかすといつまでたっても同じことを繰り返す。俺はほとほと呆れたぞ」

これからたっぷりとお仕置きしてやる――アシフは低めた声で竹雪の耳朶に吹き込むと、ベッドの傍で抱擁し合ったままのサファドとルカイアには何も断らず、竹雪を連れてハーレムの部屋を後にした。


大広間ではまだ楽の音や女たちの笑い声がしていたが、竹雪の腕をしっかり掴んだアシフはまったく無関心に前を通りすぎ、階段を上がって四階の回廊に出、薄暗い中庭を見下ろしながらあてがわれた客室へと進んでいった。

部屋に辿り着くまでの間、お互い一言も交わさない。

竹雪からは何度か口を開きかけたのだが、厳しく引き締まったままのアシフの横顔を見ると、話しかける言葉を失い、そのまま唇を閉じるということを繰り返すばかりだった。

アシフは、竹雪を相手に怒声を発したり手を上げたりといった激高した態度こそ取らないが、かといって怒っていないわけではなく、静かに怒りを燃やしているに違いなかった。笑って許して、「怖かっただろう」と優しく労《いたわ》ってもらえるとは竹雪も思っていないが、この後部屋でどんなふうに責められるのかと思うと、足取りが重くなる。

悪いのは自分なのだから、何をされても言われても文句は言えない……。

竹雪は、絶対に放さないとばかりに強く握られた手にアシフの愛情を感じ、まだアシフに嫌われたわけではないと信じて、身を委ねる覚悟をつけた。

繋いだ手がお互いの体温を伝え合う。

こうしてアシフに腕を引かれ、誰もいない廊下をずっと歩いていると、今この瞬間が夢か現実か曖昧な心地になってくる。

目の前に立ち塞がる肩幅の広い背中、無造作に一括りにした黒い髪。竹雪は今にも縋りつきたい情動を抑え、黙ってアシフの歩調に合わせて先を急いだ。

風が庭の花や樹をそよがせ、甘ったるい芳香を漂わせている。

胸いっぱいに香りを吸い込みながら、竹雪はまたもや泣きたい気分になってきた。先ほどは悔し涙だったが、今度は嬉し涙だ。

アシフの手を自分からも力を籠めて握り返す。

すると、それまでは頑ななまでに前方を見据えるばかりだったアシフが、僅かだけ首を捻り、切れ長の目で竹雪を流し見た。

竹雪を最初に魅了した青い瞳と視線がぶつかる。

きつかったアシフの目が、そのときばかりは優しく慈しむような色を湛《たた》え、柔らかくなった。

それだけで竹雪は心が弾み、楽になる。我ながら単純だ。

アシフは自分のベッドルームに竹雪を引き連れていくと、そのまま中央の一段高くなった場所に据えられたキングサイズのベッドに足を向けた。

ハーレムの部屋にあったものに優るとも劣らない豪奢な天蓋の設《しつら》えられたベッドは、一度寝た痕跡を残していて、シーツや上掛けが乱れていた。どうやらアシフはいったんここに運ばれ、ルカイアの隙をついて反撃に出たらしい。片方だけ組紐で支柱に纏められている天蓋を目にいれた竹雪は、ここで起きた事態を想像し、軽く全身を震わせた。

いざとなればアシフは容赦ない行動に出て目的を遂げるだけの強さを持っているのだ。

竹雪のようなのほほんとした一般人とは違う、上に立って多くの人々を率いる義務を背負って生まれ、教育されてきた未来の君主としてのアシフを思い描き、今さらながら畏怖の気持ちを強くした。

本当にこんな人が自分の恋人でいいのだろうかと迷う。

ベッドの横で立ち尽くしたままの竹雪に、アシフがそれまで重そうに結んでいた唇を解く。

「ずいぶんあられもない姿になっていたものだな」

「でも！」

目を眇めて頭の天辺《てっぺん》から爪先まで視線を動かすアシフに、竹雪ははだけられた胸元を慌ててかき合わせ、すかさず弁明した。誤解されるのは絶対に嫌だった。

「何もなかった。本当だよ、アシフ。信じて」

結局、竹雪は唇一つサファドに奪われずにすんだのだ。アシフのおかげだ。だから、ほんの僅かでも疑って欲しくなかった。

アシフの胸に縋って真摯に訴える竹雪を、アシフは静かに見下ろしていた。

両脇に垂らされた腕は、いつものように竹雪の腰や背中を抱き寄せることはなく、竹雪が摑んでもほとんど動かない。

「……まさか、本気で疑ってるの？」

反応の鈍いアシフに、竹雪は徐々に不安を募らせる。

真意を探ろうと覗き込んだ瞳にも、はっきりとわかる感情は浮かんでいない。静謐《せいひつ》な湖のごとく澄んだままだ。

「嫌だ」

竹雪は悲しくなって、アシフの胸に突《つ》っ伏《ぷ》した。

自然と肩が揺れ、嗚咽《おえつ》が洩れてくる。

信じてもらえないことが、信じさせる術のないことが、ひたすら辛く苦しかった。

「お願い、アシフ。何か言って」

黙ったままのアシフが怖くてたまらない。竹雪は濡れた顔を上向け、アシフの頬に両手を伸ばし、そっと指先でなぞった。

その竹雪の両手首を、突然アシフが摑み取り、自分からも竹雪に顔を近づけてくる。

「反省は？」

「もちろんしてる」

竹雪は迷わず答えた。やっとアシフと話ができそうなことが嬉しく、言葉を濁している余裕はない。

「ならば今夜は俺の好きに扱ってもいいか？」

「うん、……いいよ」

何をされるのかは見当もつかないが、他に竹雪にできる返事はなかった。理知的で冷静なアシフのすることだから、そうそう無体なことはされないだろうと信じ、任せることにする。それで竹雪の誠意を汲んでもらえるのなら、願ってもないことだ。

アシフがふっと口元を緩める。

ようやく手の甲で優しく頬を撫でてくれもした。

「この衣装、似合わないことはないが、おまえには少し華美すぎる。サファドが選んで着せたがりそうな服だ」

どうやらアシフはすべて見通しているらしい。竹雪はこくりと喉を鳴らして唾を飲む。涙はいつの間にか乾いていた。

「脱いで、ベッドに上がり、四つん這いになってみせろ」

次にアシフは打って変わった厳しい口調で竹雪に命令すると、自分はいったん天蓋の下から出て、バスルームへ続く扉の奥に消えてしまった。

竹雪は戸惑いながらも女物のアラブ衣装を脱ぎ捨て、全裸になった。

そのままベッドに上がって俯《うつぶ》せに寝そべる。

ほぼ同時にドアの開く音がして、バスルームからアシフが出てくる。近づいてくる足音に竹雪は背筋を軽く緊張させた。枕に顔を伏せているため姿は見えないが、裾をさばく衣擦れの音が聞こえた。

アシフが天蓋を潜《くぐ》って中に入ってくる気配がする。

カタンとサイドチェストの上に何か置くような物音がしたので、竹雪は首を回してそちらを見た。エメラルド色をしたクリスタル製の香水瓶のようなものが載っている。これまでに一度も見た覚えのない品物だった。

「竹雪、俺は四つん這いになれと言ったはずだが」

スプリングを軋ませながら自らもベッドに上がってきたアシフが冷ややかに咎める。

「う…うん…」

アシフを待つ間までそんな大胆な格好でいるのは居たたまれず、ひょっとして戻ってきたときには気を変えてくれないかなと期待していたが、そんな甘いことは起きないようだ。

竹雪はじわじわとシーツから頭を上げ、両肘をついて先に上体を浮かしかけた。

しかし、そこでアシフは気を変えたらしく、

「腕はいいから膝だけ立てて、両足を肩幅より広く開け」

と言い換える。

「で、でも……」

そうすると四つん這いよりももっと強烈に恥ずかしい姿になることは明白で、竹雪はたじろい

だ。

「何でもすると俺に約束したはずだが？」

アシフはここは情けをかける場面ではないとばかりのきつい言葉つきで竹雪を追いつめる。

ドキッとして竹雪はアシフの望む通りのポーズを取った。言われた通りにしておかないと、アシフは許す気を失くすかもしれない。その方がよほど怖かった。

顔中から火が吹き出ているのではないかと思うほど頬が熱い。

竹雪は枕に顔を押しつけ、激しい羞恥に堪えた。

アシフの視線をまざまざと感じる。

見られている。恥ずかしいところのすべてを、余すところなく見つめられていた。

竹雪は肩で大きく呼吸しながら、尻の狭間《はざま》に息づく窄《すぼ》んだ秘部をはしたなく収縮させ、蠢かせた。体が勝手にそんな淫らな反応をするのだ。

こういう緊張を強いられている状態にもかかわらず、掲げさせられ、大きく開かされた太股の内側で揺れるものには、どんどん血が集まってきていた。

じきにそれは萎えていたものを硬く膨らませて勃ち上がらせ、脈打つたびにずきずきと疼痛《とうつう》を感じさせるほどに育ってしまう。

「おまえもすっかりはしたなくなったな」

それまでじっと見ているだけだったアシフが、股間のものに触れ、竿《さお》全体を握り締めてくる。

「ああ、んっ……！」

感じる場所を擦られて、竹雪は艶めいた声をたてた。

先端にかかっていたアシフの指が濡れるのがわかる。アシフは淫らな先走りの液を小穴の周りに塗り広げ、竹雪をもっと辱めた。

「アシフ、アシフ、ねぇ」

体中で一番感じてしまう男のしるしを弄り、扱いて刺激されると、まだまだ経験の浅い竹雪はすぐに籠絡《ろうらく》され、膝を崩しそうになる。

これはアシフの仕置きなのだと承知してはいても、そろそろ許していつものように抱き締めてくれないだろうかと期待したくなるのだ。

しかし、竹雪の甘えた声をアシフは素知らぬ顔で聞き流し、痛いほど膨らんで先走りの雫を浮かせている茎からも手を離してしまった。

「……アシフ」

まだまだ許してくれそうにない……。

竹雪はアシフの冷淡な態度から悟って、軽く失望した。

「竹雪」

アシフが顔の横で拳を握っていた竹雪の手を取り、腕を伸ばさせて尻を摑ませた。もう一方の腕にも同じことをさせる。

「おまえへの仕置きはこれからだ」

自分の指で両側から尻の肉を摑んで開いておけ。アシフは竹雪が思いもしなかったポーズを強い、竹雪を狼狽させた。

そんなふうにすれば秘めた場所の襞が開き、何もかもアシフの目前に晒して辱められることになる。いくらなんでもそんな辱めには平静を保っていられなかった。

「いやだ、そんなこと」

立場を忘れ、いつもの癖でつい竹雪が逆らうと、アシフは「いや?」と信じられない言葉を聞いたようにわざとらしく繰り返し、竹雪をヒヤッとさせた。

「……い、いやじゃ、ない」

慌てて小声で言い直す。

アシフは非情な声で断じた。

「罰だ、竹雪。俺が許すまで自分でそうして開いていろ」

逆らえない。竹雪は軽く下唇を嚙み、頷く。

早くも両の尻にかけた指が震えてきた。

ずっとこのままの姿勢でいさせるのかと恐々とした気持ちで堪えていると、しばらくしてアシフはサイドチェストに用意していたエメラルド色の小瓶に手を伸ばした。アシフの一挙手一投足に注意していた竹雪は、食い入るような眼差しで、アシフの手元を凝視する。

瓶を手にしたアシフはガラス製の栓《せん》を本体に括りつけている紐を解き、王冠についた装飾のような形の蓋を引き上げた。

蓋の先には細長いガラス棒がついており、瓶から上げると中に入っているどろりとした透明の液体を棒全体に絡ませてきた。

「何、……それ?」

得体の知れないものを見せられて竹雪は取り繕いようもなく動揺する。

アシフを信じてはいるが、知らないものに対する警戒心は拭いされない。

「今にわかる。心配しなくとも、毒ではない」

わざと竹雪の恐怖心を煽るかのように、アシフは答えをはぐらかした。

どろりとした液体をたっぷり纏いつかせたガラス棒がアシフの手で竹雪の秘部に近づけられる。

「いやっ、冷たい!」

液体が畳み込まれた襞を濡らした途端、竹雪は過剰に反応し、叫んでいた。

「すぐに熱くなる」

アシフはあくまでも淡々としている。とりつく島もなかった。

「な、何、これ……。気持ち悪い。気持ち悪いよ、アシフ」

「アフリカの秘境に旅したとき、現地の族長から特別に授かった媚薬《びやく》だ」

「媚薬……？」

「ああ。媚薬だ、ただの」

蓋を閉めた小瓶をチェストの上に戻してから、アシフはからかうように竹雪の横顔に唇を寄せ、熱の籠もる声で言うと、耳朶《じだ》を甘噛みして引っ張った。

「あっ、あ、……ああっ」

まるでそれを合図にしたようなタイミングで、竹雪は突如として恥ずかしい部分に燃えるような火照りを感じ、狼狽えた声を上げた。

「いやだ、熱い。痒《かゆ》い！」

一度意識するや、熱と疼《うず》きと痒みは、瞬《また》くうちに空気に触れる出入り口の部分から、狭い筒の内側を経て体の奥深くまで広がっていく。

「ああ、ああ、あっ」

悲鳴とも嬌声ともつかぬ情けない声が喉をつく。

「嫌だ、助けて」

「三分もしないのにもう降参か？」

アシフは冷やかしたっぷりに言うと、自分では竹雪に指一本触れようとせず、シーツの上に座ったまま傍観者を決め込んだ。

「あ、アシフ……っ」

媚薬をたっぷりと塗り込められた秘部がひくひくとひくつく。自分ではどうしようもなかった。

「少しでも早く許されたければ、俺の言った通りの姿勢を崩さぬことだ」

アシフの言葉に、竹雪は俯せで膝を立てた姿のまま、震える指で自分の尻を左右に分け、媚薬が筋となって太股まで滴り落ちてきている秘部を開いて見せ続けなければならなかった。

恥ずかしい。恥ずかしい！

想像しただけで羞恥に全身が燃える。

たぶんこの先一生、他の誰にも晒すことはないだろう強烈に卑猥な姿を、アシフにじっと見据えられているのだ。

視線で犯されているのをまざまざと感じる。

敏感になった肌が、ピクピクと引きつった。

燃えるような痒みと疼きは耐え難いくらいに増幅している。膝や顎が小刻みに震えだし、今にも体が崩れてしまいそうだ。

「ご、……めん、なさい……」

ついに竹雪は我慢の限界を迎え、熱い息の下からとぎれとぎれに謝った。

「……僕が悪かった。浅はかで、考えなしで、アシフに嫌な思いをさせた……」

「その通りだ、竹雪」

「もうしないから」

「それは当たり前だ」

アシフは簡単には解放してくれそうになく、こんなギリギリに切羽つまった状態の竹雪にも容赦がなかった。

「お願い、許して。許してアシフ」

体が熱い。秘部が疼き、ねだるように収縮を繰り返す。自分の意志ではどうにもできず、竹雪は激しくなる一方の欲情に涙が出てきた。

「お、お願い。お願い！」

一言言うたび、自然と腰が揺れる。

浅ましさに竹雪は声を上げて泣きじゃくりたくなった。

「まだだ」

「そんな……。そんな意地悪しないで……！」

「まだあと少しそのままでいろ。簡単におまえを許しては罰にならない」

「ひどい。アシフ！」

叫んだ途端、今までで一番強烈な刺激が体の奥に生じ、竹雪は「ひいいっ……！」と乱れた声を上げ、口角から涎《よだれ》を零してシーツにシミを作ってしまった。

もう堪忍して、許して。きて。

——挿《い》れて。突いて。めちゃくちゃに掻き回して。

胸の内で竹雪が唱える言葉はどんどん節操のない赤裸々な欲望に支配されたものになる。

欲しい。アシフが今すぐ欲しい。

アシフをこの身に迎え入れない限り、この疼きは癒《いや》されそうになかった。

「ほ……しい」

堪えに堪えた挙げ句、熱に浮かされたような状態で竹雪はアシフを求めて悲痛な声を絞り出した。

すでに限界は超えている。

一声洩らすと、あとはもう堰を切ったように哀願が口を衝いた。

「お願い。なんでもする。アシフの言うこと、これからなんでも聞く」

恥も外聞もなく訴え続ける。

首を捻ってアシフの顔を見上げ、しゃくりあげながら求めた。

「だから……挿れて。僕の中、アシフで満たして。お願い！」

さすがのアシフも竹雪にここまでなりふり構わぬ切迫した様子でねだられると、知らん顔してはいられなくなったようだ。

「この、ばか」

感極まった声で竹雪を罵り、アシフが竹雪の背後から覆い被さってきた。

アシフはまだ服を着こんだままだったが、すべて脱ぎさる間すら惜しむように下肢だけ寛げると、硬くてはち切れそうに猛ったものを、すっかり解《ほぐ》れて濡れそぼった竹雪の窄まりに押し当ててきた。

そのまま、いっきに奥まで突き上げられる。

「ああっ、あああっ！」

大きく反り返らせた竹雪の喉から、抑えようもない嬌声が上がる。

頭の中で強烈な火花が炸裂し、飛び散ったかと思った。

これまで味わったことのない深く激しい悦楽が体の芯から吹き出し、瞬くまに全身を駆け巡る。

竹雪は陶酔に浸りながら、何度も何度も淫らな声を放った。

「い、いい……。いい」

アシフが腰を抜き差しするたび、眩暈《めまい》がするほどの快感が生まれる。

竹雪はやっと尻から離して自由になった両手で、引きちぎらんばかりにシーツを握り締め、嗚咽を洩らした。

「愛してる。アシフ、愛してる」

揺さぶられ、悦楽の境地に連れていかれるたび竹雪は繰り返し告白した。半ば意識が朦朧《もうろう》として、恥ずかしさなどどこかに吹き飛んでしまっている。あるのはアシフに対する素直で偽りのない気持ちだけだ。

「竹雪。俺のものだ。誰にも渡さない」

さっきまでの冷たさはどこへやら、アシフも熱い言葉を綴《つづ》り、竹雪の奥を責めてめまぐるしい法悦を与えつつ、うなじや背中、脇など、思いつく限りの場所を唇で辿り、吸い上げる。

「一緒にいかせて……！」

もうだめ、いく、と訴える代わりに、竹雪はそう言った。

「ああ」

アシフの腰の動きが一段と激しくなる。

竹雪が気づかぬうちに、いつのまにかアシフは着ていたものをかなぐり捨て、全裸になっていたようだ。

汗ばんだ肌と肌がぶつかり合う淫靡な音がしてきて、竹雪はようやく気づいた。

それだけアシフの与える快感を貪るのに夢中になっていた。

竹雪の願い通り、二人で同時に極めた。

「竹雪」

荒々しく息を吐く竹雪を表に返し、アシフが渾身《こんしん》の力を込めて抱き竦めてくる。

そのまま吐息を絡みつかせるような勢いでくちづけされ、竹雪は幸福に充ち満《みみ》ちた息苦しさに呻《うめ》いた。

「おまえがサファドの手に堕ちたかと思うと、嫉妬でどうにかなりそうだった」

「ごめんなさい」

苦しいほどに抱き締めてくるアシフの腕の強さが、そのまま愛情の深さを表しているようで、竹雪は答えるなり、ぶわっと瞳を涙でいっぱいにした。

「アシフ」

涙と鼻水と汗でぐしゃぐしゃになっているであろう顔を見られるのが恥ずかしく、竹雪はアシフの胸に顔を伏せた。

「好奇心たっぷりで無鉄砲なおまえが俺は好きだ。だが、こんなふうにやきもきさせられるのは二度と御免被《こうむ》る」

アシフは竹雪の髪を撫で続けつつ、喉に引っかかって掠れたような声で言う。

「愛してるんだ。わかってくれ」

わかってる。

竹雪はちゃんとアシフに返事をしようとして顔を上げ、アシフの瞳が濡れているのに気がつくと、ドキリとしてまたそのまま逞しい裸の胸に頬を擦りつけた——。

V

「今回は俺がろくでもない考えを持ったせいで、おまえたちの貴重な休暇を台無しにさせるようなことになって、悪かった」

ハウラ国際空港までアシフと竹雪《たけゆき》の出立を見送りに来たサファドは、いかにもバツの悪そうな表情をしながらも、二人の前で潔く頭を下げ謝罪した。

搭乗時刻まで少し間があったのでＶＩＰ専用ラウンジに案内され、ソファに落ち着いたばかりのときだ。

どうやらサファドはずっとこの詫びを切り出すきっかけを探していたらしく、言葉にして伝えるなり、重大な義務をようやく果たし終えたかのように肩の力を抜いていた。空港に向かうリムジンの中でも仏頂面をして黙り込んでいたサファドを思い出すと、竹雪は不器用なサファドが可愛らしくさえ感じられてくる。年下なのに生意気だと窘められるかもしれないが、本当にそう感じたのだ。もちろん本人の前で口に出して言いはしない。曲がりなりにも相手はこの国の王だ。不敬罪で逮捕されないとも限らない。知り合ってまだ五日ほどにしかならなかったが、竹雪にもサファドの性格はだいぶ把握できてきていた。

竹雪の横でゆったりと足を組み、淹れたてのチャイが湯気を立てているカップを手にしたアシフも、珍しく神妙な態度を取るサファドを見やり、目を細くして含み笑う。

「進歩だな」

アシフは短く言って、美味しそうにチャイを一口飲んだ。

今日のアシフはすこぶる機嫌がいい。もとより他人の前であからさまに感情の起伏を露にする方ではないのだが、抑えきれなくなることもあるようだ。

竹雪は昨晩の満ち足りた交歓を反芻し、じわりと頬を熱くした。

体の奥に今も幸せな疼痛が居座っていて、ことあるごとに官能に噎《むせ》び泣《な》いた記憶を明瞭に取り戻させては、そのとき感じた悦楽と同じ感覚を心と体の両方に甦らせ、ぞくりとさせる。竹雪は今朝起きてからずっと、何度も何度もそういう淫靡な思いを味わわされ、そのたびに体の芯を疼かせていた。

意思の疎通がうまく図れず、竹雪が軽率なことをしてアシフを憤らせたり心配させたりし、喧嘩になりかけもしたが、それらをすべて引っくるめても、今度の旅は竹雪にとって貴重な経験だったし、楽しくて幸せなものだったと思う。

東京、京都、マクトゥーム・ビーチ、そしてサファドの国バヤディカと、予定外に多くの国をアシフと周り、そこここで二人でいることの幸福を噛み締めた。

中でも昨夜は特別だった。

あんなにもアシフが熱っぽく、貪欲に竹雪を求めてきたのは初めてだ。よすぎて死ぬかと思った。実際、行為の途中で何度か軽い失神を起こした。その都度アシフにキスで気づかせてもらうのがまた幸せで、眠ってしまうのが勿体なく感じられたのだ。

おかげで少々寝不足気味だ。

先ほどから瞼が重い。

竹雪が眠気を堪えながらソファの上でおとなしくしている間も、アシフとサファドの遣り取りは続いていた。

アシフの一言に眉を寄せたサファドが不服そうに聞く。

「進歩とはどういう意味だ？」

先ほどに比べると声の調子は幾分居丈高《いたけだか》で、早くもいつものサファドらしさを取り戻していることがわかる。いつまでも殊勝にしているよりこの方がよほどふさわしく、不思議と憎めないので、人にはそれぞれおのおのに合った態度というものがあるのだなと思う。

アシフも竹雪と同じようなことを思ったのか、さらに口元を緩め、面白そうな顔つきをした。

「きみが俺に面と向かって『悪かった』などと本気で謝ってくれたのは、記憶にある限りこれが初めてだ。失礼ながら、きみも成長したと思ったよ」

「おまえにそんな言い方をされるとは心外だな」

どちらかというと短気で怒りっぽい性格のサファドは、たちまち、寄せていた眉を今度は吊り上げた。

相変わらずこの二人はおかしな関係だと竹雪は苦笑する。仲がいいのか悪いのか、一概にはどちらともつかない。

平和な証拠かもしれないな、とふと思い当たる。

もしこれが、どちらかの国に有事が発生したときであれば、きっと二人は日頃牽制し合っている仲なのを忘れ、すぐに協力して対処するだろう。

信頼がないようである――竹雪はそんな関係を羨ましく感じた。

そう考えて二人を見直すと、遠慮会釈のない会話の応酬も、一目置き合っている仲の証拠のように思えてくる。

ややしてアシフが皮肉めいた会話をやめ、表情を引き締めると、サファドに真面目な口調で訊ねた。

「昨日の夜はあれからどうした。自分にとって大事な存在が何かようやくわかったようだったが、そちらは進展はあったのか？」

サファドは弱点に触れられたようにぐっと詰まり、

「何のことだ……」

と苦し紛れに言い抜けようとする。

だが、どうにも取り繕いようがなかったように徐々に顔が赤らんできたので、ごまかしはまったく成功していなかった。

サファドにもアシフが何を聞きたいのかは重々察されているのだ。

「きみも案外往生際の悪い男だな」

アシフがからかうような目をしてさらりと言う。

サファドはムッとしてアシフを睨んだ。

「俺が誰とどうなろうとおまえには関係ないだろうが」

「確かに」

あっさりとアシフは認め、肩を竦めてみせた。

今はサファドよりアシフの方が、余裕がある。竹雪にはそんな力関係の微妙さも興味深かった。

「俺のことになど構わず、さっさと竹雪を連れて国に帰れ」

サファドは癇癪を起こしたように言い、そっぽを向く。

「もちろんそうするとも」

「これ以上おまえたちが仲睦まじくしているところを見せつけられるのはうんざりだ」

「今に俺もきみにまったく同じ文句を言うときがくるかもしれないな」

「あり得んな」

強い勢いでサファドが突っぱねたとき、ＶＩＰ用ラウンジと続きの控えの間から、ルカイアが静かな足取りで現れた。

「ご歓談のところを、失礼いたします」

近くまで歩み寄ってきたルカイアは深々とお辞儀をすると、アシフと竹雪を交互に見て続けた。

「そろそろ機内にご案内させていただきたいと存じます」

「もうそんな時刻か？」

「はい、陛下」

サファドの問いにルカイアは顔の向きを変え、サファドを見つめて答える。

サファドもまたルカイアと合わせた視線を心持ち長く留めたままだった。

二人の間に、昨日までは感じられなかった深く熱い情が加わっているようで、竹雪まで幸せな気持ちになってくる。

アシフの言う通り、サファドも十分ルカイアとの仲を見せつけていると思う。

国の衣装で揃い立つ二人は、まさにお似合いだった。

竹雪はルカイアの柔らかくはにかんだ笑顔を目にして、春の日溜まりにいるような優しく清々しい気分になった。

あともう一歩サファドが素直になるならば、ルカイアの笑顔はもっと明るく素敵なものになるだろう。

「それでは行こうか、竹雪」

ちょうど飲み終えたばかりだったチャイのカップをテーブルに置き、アシフが竹雪に向かって腕を差し伸べる。

竹雪はアシフの手を取り、淑女のようにエスコートされて立ち上がった。

「いろいろと世話になったな」

「……言うな。嫌みに聞こえる」

あらためてサファドに向き直って礼を述べたアシフに、サファドは決まり悪そうに応じた。

「今度はそっちが俺の国に来てくれ。歓待する」

「ああ。考えておこう」

空港係員の案内に従って、二人は肩を並べて歩きだす。

竹雪も遅れをとらないようにアシフの背中についていった。竹雪のさらに少し後ろを、ルカイアともう一人の係員が歩いてくる。

「本当に王室専用機を航行させなくてよかったのか？」

「俺は民間機に乗る方が好きなんだ」

気を遣うサファドに答えたアシフの返事は、竹雪に初めてアシフと出会ったときのことを思い出させた。

トクリと心臓が高鳴る。

今日の夕刻にはアシフの国カッシナに帰るのだ。

帰る、という言葉が意識しなくてもすらりと脳裏に浮かんできたことに、竹雪は我ながら驚いた。もうすっかり、気持ちは常にアシフと共にあるらしい。

関係者以外立ち入り禁止の専用通路を通り、ボーディング・ブリッジの手前まで来る。

すでに一般の乗客は全員機内に乗り込んでおり、最後にアシフと竹雪を迎えればすぐさま離陸する準備が整えられているようだ。

「それではどうぞお気をつけて」

ルカイアが竹雪の肩を抱き寄せ、そっと頬にキスしてくれる。

不意のことに、竹雪はあっと驚いて目を瞠ったが、傍らのアシフもサファドとしっかり握手し合っており、どうやら瞬間の出来事に気づかなかったようで、ホッとした。

「昨晩は、騙《だま》してすみませんでした」

「もうそれはいいよ」

結果的には助かって何もされずにすんだのだし、そのせいでアシフとの関係を深めることができたと思えば、もうそれ以上とやかく言う必要はないだろう。竹雪にはこれが本音だ。

「申し訳ありません。ありがとうございます」

ルカイアは微かに唇を震わせながら、泣き笑いのような表情を浮かべた。

「また近いうちに会えるといいな、アシフ」

「きみがその気になれば会えるだろう」

サファドと別れの挨拶を終えたアシフは、竹雪の腕を取り、

「さぁ。帰るぞ」

と言った。

アシフに連れられて機内に乗り込む。

カッシナまではほんの二時間程度の旅だが、サファドは二人のためにファースト・クラスを借り切ってくれていた。

「変なこともあったけど……僕はバヤディカもサファドもルカイアも嫌いじゃないな」

「そうか。その言葉を聞けばサファドはますます反省するだろう」

「……アシフは？」

「俺か」

アシフはフフッと愉しげに笑うと、CA《キャビンアテンダント》が運んできたシャンパンとオレンジジュースを両手で受け取り、ジュースのグラスを竹雪に渡しつつ答えた。

「実は俺も同意見だ。気が合うな、竹雪」

そして、いきなり竹雪の唇を掠め取った。

「ばか……！」

竹雪は真っ赤になり、キスされた口元を手の甲で押さえて周囲を見回す。

「心配しなくても誰もいない」

アシフが平然としたまま言った。

もう、と竹雪は形ばかりに膨《ふく》れっ面《つら》をして、じわじわとアシフの側《がわ》に身を寄せていく。

少しでも傍近くにいたい思いが竹雪を大胆にした。

『まもなく離陸でございます』

機内アナウンスが流れる。

竹雪とアシフを乗せた航空機は、それから五分後にバヤディカを飛び立って、一路隣国カッシナへと航行を開始した。

POSTSCRIPT

HARUHI TONO

今回のお話は、昨年六月に出していただきました「貴族と熱砂の皇子」の続編に当たります。貴族シリーズ8作目にして、初の続きものとなりました。

このような機会に恵まれましたのも、いつも貴族シリーズを応援してくださる読者の皆様のおかげです。

本当にどうもありがとうございます。

前回は、はからずも砂漠で生死の境を彷徨わされるはめになった竹雪が、たった一人頼れる存在となった『砂漠の鷹』ことザイードに惹かれていくまでを描くという、アラブを舞台にしたBLとしてはいささか地味な展開のお話でした。

このたび幸運にも続編を書かせていただけ

HARUHI`s Secret Liblary URL　http://www.t-haruhi.com/
HARUHI`s Secret Liblary：遠野春日公式サイト

ることとなり、せっかくなので今度こそアラブならではの派手さや豪華さを出していこうと心に決め、私なりに努力したつもりなのですが――いかがでしたでしょうか？

新キャラとして登場するサファドとルカイアの二人にも彼らなりの恋愛模様が存在し、まだまだ書ききれなかったサイド・ストーリーなどもあるのですが、ページと時間の都合で本編中には入り切りませんでした。そのことが少々残念ではあるのですが、これはまたいつか発表させていただける機会がくるかもしれませんので、そのときまで温めておこうと思います。

引き続きイラストをお引き受けいただきました蓮川先生には心よりお礼申し上げます。

ダブルのスーツを着こなしたアシフのかっこよさ、女装した竹雪の色っぽさ、そして、アシフと張り合うほど魅力的なサファドや美しいルカイアを、どうもありがとうございました。カバーイラストを拝見させていただいたときには、あまりにも素敵すぎてぽやーっとなってしまいました。

次回貴族シリーズ第9弾は、晩秋頃発刊の予定です。どんな話にするのかは、これからじっくり考え、練りたいと思います。

ご意見、ご要望、ご感想などありましたらお気軽にお寄せいただければ幸いです。首を長くしてお待ちしております。

それではまたお目にかかれますように。

遠野春日拝

貴族と熱砂の薔薇

SHY NOVELS130

遠野春日 著

HARUHI TONO

ファンレターの宛先
〒101-0065 東京都千代田区西神田3-3-9大洋ビル3F
(株)大洋図書 SHY NOVELS編集部
「遠野春日先生」「蓮川 愛先生」係
皆様のお便りをお待ちしております。

初版第一刷2005年4月28日

発行者 山田章博
発行所 株式会社大洋図書
〒101-0065 東京都千代田区西神田3-3-9大洋ビル
電話03-3263-2424(代表)
〒101-0065 東京都千代田区西神田3-3-9大洋ビル3F
電話03-3556-1352(編集)
イラスト 蓮川 愛
デザイン Plumage Design Office
カラー印刷 小宮山印刷株式会社
本文印刷 大日本印刷株式会社
製本 大日本印刷株式会社

ISBN4-8130-1049-0

SHY NOVELS
好評発売中

遠野春日

貴族シリーズ
The series of Noble's love.

恋愛は貴族のたしなみ

画・夢花李

強引なのが好きだろう？

「男に囲われている没落貴族にどんな期待もしない」あるパーティーで久我伯爵家の御曹司・馨はかつて秘かに惹かれていた守脇侯爵家の威彦と再会する。家柄、人望、財力、容姿、全てを持つ威彦は傲慢な男だった。威彦のライバル・恭弘に守られるように立つ馨に威彦は冷たい視線を向けた…優雅で残酷、貴族たちの華麗なる恋愛遊戯ついに登場!!

香港貴族に愛されて

画・高橋 悠

これは罠か？ それとも愛か？

旅の経由地として香港を訪れた真己は、そこでかつての恋人アレックスと再会する。あの頃、真己にとってはアレックスがすべてだった。だが、アレックスにとって自分がただの遊び相手だと知ったとき、真己は黙ったままアレックスの前から姿を消した。あれから数年、再会に真己の心は揺れた。一方、アレックスは固く心に決めていた。今度こそ、逃がさない、と！

近日発売のSHY NOVELS♡

※確実に手にいれたい方は、書店にご予約をお願いいたします。

画・山田ユギ

4月25日発売予定

あいつの腕まで徒歩1分

桜木ライカ

元気が取り柄の小柄な大学生・朋彦には、いま、気になってしょうがない男がいた。ハンサムだけど不愛想で、しょっちゅう部屋に女を連れ込むエリート風会社員・月村だ。まずは挨拶から…調教するつもりが、なぜかヤられるはめになっちゃって!!?

5月23日発売予定

誓いは小さく囁くように

榎田尤利

ずっとこの人だけを愛する、そう思える人がもし現れたら？ ウエディングプロデュース会社の社長・若宮瑛児は永遠の愛なんて頭から信じていない。そんな瑛児が、ある夜、拾うはめになった酔っ払いは天才と一部で呼ばれるマリエデザイナーだったが!? 幸福の連鎖をあなたにも…

画・佐々成美

このイラストは実際のイラストとは異なります。

※この情報は2005年4月現在のものです。